카페에서 공부하는 할머니

카페에서 공부하는 할머니

초판 1쇄 발행 · 2022년 1월 8일
초판 5쇄 발행 · 2023년 5월 4일

지은이 · 심혜경
발행인 · 이종원
발행처 · (주)도서출판 길벗
브랜드 · 더퀘스트
출판사 등록일 · 1990년 12월 24일
주소 · 서울시 마포구 월드컵로 10길 56(서교동)
대표전화 · 02)332-0931 | **팩스** · 02)323-0586
홈페이지 · www.gilbut.co.kr | **이메일** · gilbut@gilbut.co.kr
대량구매 및 납품 문의 · 02) 330-9708

기획 및 책임편집 · 안아람(an_an3165@gilbut.co.kr) | **제작** · 이준호, 손일순, 이진혁
마케팅 · 한준희, 김선영 | **영업관리** · 김명자, 심선숙 | **독자지원** · 송혜란, 윤정아, 홍혜진

디자인 · 박경은 | **교정교열** · 라일락 | **CTP 출력 및 인쇄** · 대원문화사 | **제본** · 신정문화사

- 더퀘스트는 ㈜도서출판 길벗의 인문교양 · 비즈니스 단행본 브랜드입니다.
- 잘못 만든 책은 구입한 서점에서 바꿔 드립니다.

ISBN 979-11-6521-811-9 (03810)
(길벗 도서번호 040121)

정가 11,200원

독자의 1초까지 아껴주는 정성 길벗출판사

(주)도서출판 길벗 | IT실용, IT/일반 수험서, 경제경영, 인문교양 · 비즈니스(더퀘스트), 취미실용, 자녀교육
www.gilbut.co.kr
길벗이지톡 | 어학단행본, 어학수험서 **www.gilbut.co.kr**
길벗스쿨 | 국어학습, 수학학습, 어린이교양, 주니어 어학학습, 교과서 **www.gilbutschool.co.kr**

페이스북 **www.facebook.com/thequestzigy**
네이버 포스트 **post.naver.com/thequestbook**

인생이라는 장거리 레이스를 완주하기 위한 매일매일의 기록

카페에서 공부하는 할머니

심혜경 지음

더 퀘스트

추천의 글

드문드문 심혜경 번역가와 근황을 주고받을 때마다 혀를 내두른다. 나와 알고 지낸 10년 남짓한 세월 동안 단 한 번의 예외도 없이, 그는 늘 새로운 것을 배우고 있고, 두세 가지를 동시에 배울 때도 많으며, 기본 서너 개의 독서모임에 참여하고 있다. 내가 어떤 분야에 흥미가 있는지를 세심히 기억해두었다가 몇 달 만에 문득 연락해서 큰 도움이 될 강의나 원서의 목록을 꼼꼼히 소개해주고, 무언가를 물으면 '걸어 다니는 사전'답게 명확한 답을 바로 알려준다.

공부란 무조건 깊게 파고들어야 한다는 강박 없이 여러 세계의 문을 주저 없이 열었다가 미련 없이 닫으며 자유자재로 오가는 그의 독특한 공부 여정이 담긴 이 책이 그래서 반갑다. 때로는 아이의 시선으로 모든 것에 호기심을 가득 품은 채 익숙한 것들을 낯설게 볼 줄 알고, 때로는 어른의 지혜를 발휘해 배운 것을 일상에 잘 적용해서 낯선 것들을 익숙하게 만드는 그의 비법의 일부가 여기에 있다.

이 책이, 공부라는 단어의 무게에 눌려 시작할 엄두를 내지 못하는 사람, 현재의 삶에 갇혀 더는 생각이 자라지 않는 사람, 공부를 평생의 놀이로 만들고 싶은 사람에게 하나의 든든한 외침이 되리라 믿는다. 일단 문을 열어보라고. 그 안에서 가랑비 몇 방울만 맞다 나와도 괜찮다고. 그렇다. 계속 맞다 보면 우리는 분명 어딘가에 닿아있을 것이다. 물론 심혜경 번역가라면 “안 닿으면 또 어때. 재미있으면 그걸로 됐지!”라고 호기롭게 말하고는 카페에서 하던 공부를 다시 신나게 이어갈 테지만 말이다.

김혼비

머리말

오늘도 내가 공부하는 이유

한옥 창문 사이로 비끼는 햇살이 보고 있던 글자를 비춘다. 고개를 들면 창문 사이사이로 높다란 가을하늘과 열매가 떨어지고 낙엽이 진 감나무가 보인다. 어느새 가을이 지나가고 있는, 지금 여기는 요즘 내가 즐겨 찾는 카페 일일호일이다.

매일매일 날씨에 따라 일일호일에서 나의 자리는 달라진다. 계절을 느끼며 책을 읽고 싶을 때는 하얀 벽돌담 안쪽 대나무들이 가지런히 서 있는 작은 정원의 테이블에 앉는다. 원고를 쓰거나 번역을 할 때는 세미나실처럼 꾸며진 곳의 넓은 테이블에 자리를 잡는다. 이 공간에는 미닫이문이 있는

데, 평소에는 열어두지만 문을 닫으면 출판기념회나 북토크 등의 행사를 진행하기에 좋아 보인다.

카페 일일호일은 처음 간 날부터 즐겨 찾기로 마음먹은 곳이다. 서촌의 핫플레이스라거나 책방을 겸한 카페라서가 아니다. 번잡한 길목의 버스정거장 옆에 딱 붙어 있는 일일호일 대문 안쪽으로 처음 들어서는 순간 느껴진 고즈넉한 분위기가 좋았다. 마당에 깔린 바닥돌을 밟으며 징검다리를 건너듯 몇 발짝 걸어서 나무 계단을 오를 때는 설렜다. 그리고 직감했다. '아, 이곳은 공부하기 딱 좋은 곳이구나.'

나는 배우는 게 취미라고 사방에 자랑하고 다닌다. 그러나 '열심히'라는 단어는 나에게 어울리지 않는다. 일단 뭔가를 배우려고 시작은 하더라도 그 과정을 즐기면서 천천히 진도를 조금씩 빼는 것을 선호하는 편이다. 그런 나에게 카페는 더없이 좋은 장소다. 집에서 번역 작업이나 공부를 하다가 집중하지 못하고 있는 것을 깨달을 때면 나태함을 자책하곤 하는데, 카페에서는 곧잘 집중이 잘된다. 잠시 창밖의 높다란 하늘을 바라보거나 사람 구경을 하면서 여유를 부려도 마음이 흡족하기만 하다(물론 다른 이유도 많은데, 이는 뒤에서 이야기하겠다).

사실은 배우다 그만둔 종목이 더 많을 것 같다. 피아노 선생과 1 대 1로 진행하는 수업은 재미가 없어서 《어린이 바이엘》 상권 중간쯤을 어루만지다가 두어 달을 못 버티고 그만뒀다. 그래 놓고 초등학교에 입학한 아들에게는 두 손 모아 공손하게 부탁했다. "꼭 《어린이 바이엘》 상권과 하권을 다 떼고, 《체르니 100》을 배울 때까지만이라도 피아노 학원을 다니도록 하시지요." 피아노를 배우면 학교 음악 수업에 도움이 되며, 피아노 수업을 받고 싶지 않은 날은 마음대로 학원을 빼먹어도 된다는 나의 설득에 아들은 곧바로 오케이 사인을 줬다. 부담을 줄여주기 위해 《체르니 100》을 배우기 시작하고 나서 체르니 30, 40, 50번까지 계속할 마음이 없으면 바로 끝내도 된다는 조항도 자발적으로 곁들였다. 오직 바이엘만 끝내다오. 모든 일에는 마무리가 중요한 거란다, 아들! 다행히 아들은 《어린이 바이엘》 상·하권을 끝내고 《체르니 100》의 첫 페이지를 펼친 뒤, 며칠 지나서 그만뒀다. 무려 4년이나 걸려서! 4년 동안 한결같은 가르침을 주신 피아노 선생에게 이 자리를 빌려 감사의 말을 전한다.

피아노와의 흑역사를 뒤로하고 나는 이런저런 것들을 계속 배우고 있다. "아침에 도를 들으면 저녁에 죽어도 좋다朝聞道夕死可矣"라는 공자의 말씀은 교양 필수 과목이던 유교

철학 입문을 수강하면서 멋지게 들려 노트에 적고 형광펜으로 밑줄까지 그어두긴 했지만, 보통 사람인 내겐 너무 비장하게 들린다. '학교'를 뜻하는 영어 단어 school이 '노는 곳'을 뜻하는 그리스어 schole에서 온 말이라고 하니, 공부는 원래 노는 일이 아니었을까 싶다. 정작 학교를 다니던 시기에는 이런 말이 있다는 걸 몰라서 그다지 많이 못 놀았으니, 이제라도 옛사람들처럼 공부와 놀이를 같은 일로 생각하자. '공부는 놀이'라고 타이핑을 하면서 느낀 거지만, 나는 '공부'와 '놀이'라는 단어의 만남이 장난 아니게 좋다.

놀이 삼아 친구와 함께 배우기 시작한 일들은 꾸준히 하게 되는 걸 보니 공부와 놀이가 잘 어울리는 것 같기도 하다. '노는 곳'에서 '학습하는 장소'를 뜻하는 말로 변모한 단어 school에는 '떼' 혹은 '떼를 짓다'는 의미도 있으니 모여서 서로 사귀고 취향 공동체를 만들어 흥미가 생기는 분야를 함께 공부한다고 생각하면 공부가 가볍고 즐거워질 수 있다. 공부하는 스타일은 사람마다 다르겠지만, 나는 적당한 자극을 주고받으며 공부하는 재미를 나눌 친구들이 있어 공부를 멈추지 않을 수 있었다.

짜임새가 튼튼한 구조로 공부를 설계하는 건 내 능력 밖의 일이기에, 실패한 공부의 집대성처럼 보일 수도 있는 이 책은 오히려 무엇을 배울지 목적이 분명한 사람에게는 필요하지 않을 것이다. 어학을 공부해서 당장 유학을 떠나려거나 취업을 준비하는 사람들이 이 책을 읽으면 아무런 감흥이 없을 수 있다. 지금 하고 있는 공부를 통해 직업적 성과를 거두고 싶다는 목표가 있는 분들의 소용에 닿는 책도 아니다. 자신이 꿈꾸던 이상적인 모습에 가깝지 않다는 생각이 든 순간, 새로운 시도를 하고는 싶지만 무엇을 해야 할지 모르겠는 순간, 다른 인생을 살아보고 싶은 순간에 다다른 사람들이 한 번쯤 읽어보면 좋을 책이다.

모든 공부는 자신이 어떻게 살아가고 싶은지, 어떤 사람이 되고 싶은지를 결정하는 데 분명 도움이 된다고 생각한다. 적절한 목표를 지닌 사람은 물론, 목표가 없는 사람에게도. 사람은 나이와 관계없이, 직업으로서의 일을 하지 않더라도 사회와 연결되기 위해 뭔가 할 일이 필요하다. 나는 해야 할 일, 하고 싶은 일에 따르는 모든 행위를 '공부'로 치환하기로 했다. 현재의 삶에 갇혀 더는 생각이 자라지 않을 때는 새로운 생각이 필요하다. 그 새로운 생각을 얻을 수 있는 방법이 내겐 뭔가를 배우는 일이다.

다시 말해 이 책에서 말하는 공부는 특정한 목표를 달성하기 위한 공부, 즐거움을 얻기 위한 공부는 물론 '배운다'는 말을 붙일 수 있는 일체의 행위다. 언어 또는 학문을 배우는 것뿐만이 아니라 중고교 시절 수학과의 관계에 쌓인 앙금을 풀기 위해 《수학의 정석》을 다시 풀어보는 것도 공부다. 그리고 경건한 신앙생활을 하는 사람이 히브리어를 배워 성경을 원서로 읽는다면 이 또한 바람직하고 반듯한 공부가 될 것이다. 스윙댄스나 바느질을 배우는 것도 마찬가지다. 공부가 아닌 것은 없다.

이 책을 집어든 사람들에게 공부는 뜨겁게 불타올라 빠르게 연소시켜야 할 학생들의 것과 달라야 한다. 지속적으로 몰입할 수 있는 일로 오래 성취감을 얻는 것이 목표니까. 오래 버틸 수 있는 공부를 시작해야 하는 때인 것이다. 밤을 활활 태우며 꼿꼿이 앉아 새벽을 맞이하는 자세로는 오래 버티지 못한다.

예전에 다녀온 목공예 원데이클래스 진행자인 멋진 목수에게 귀가 솔깃해지는 맹자의 말씀을 전해 들었다.

유수지위물야 불영과불행

流水之爲物也 不盈科不行

흐르는 물은 구덩이를 채우지 않으면 앞으로 나아가지 않는다.

나는 이 글귀를 마음대로 바꿔서 마음속에 새겨뒀다. 이렇게.

하고 싶은 일이 있다면 쉬엄쉬엄하더라도 끝을 볼 때까지 계속 간다.

우리가 공부와 맺는 관계는 평생 고정불변으로 이어지는 것이 아니다. 사람에 따라, 시기에 따라 달라지기 마련이다. '이제는 돌아와 거울 앞에 선 나이'로 접어들 무렵에 시작하는 공부는 자유로워서 좋다. 학창 시절에는 하기 싫어도 꾹 참고 해야 하지만 학교를 졸업하는 순간부터는 마음 내키는 대로 공부해도 된다. 싫증을 내지 않고 계속할 수 있는 공부를 찾았다면 행운으로 생각하고 주욱 해보자. 자신이 계속 성장하고 있다고 느끼면 계속 즐거울 수 있다.

오늘도 일일호일의 내 테이블 위로 못다 한 공부가 펼쳐져 있는데도, 나의 눈길은 다른 곳을 향하고 있다(국내 최초의 건강책방이기도 한 일일호일은 곳곳에 건강 관련 지식 리플릿과 책을 배치하고 있다). 내일은 성북동 마미공방에 가서 뜨개질을 한다. 그리고 또 다른 친구와 클래식 기타 현을 잡을 약속을 해야 한다. 이렇게 자잘한 배움, 별로 중요한 것 없어 보이는 공부도 계속 쌓이다 보면 신기하게 한 줄로 꿸 수 있는 날이 올지도 모른다. 한 줄에 안 꿰이면 '삽질'의 전리품으로 남겨두자. '공부'라는 요소가 인생에 추가되면 즐길 수 있는 일들의 선택지가 늘어난다. 새로운 바람을 안고 가는 것이 늘 즐겁고 신나는 일이 아닐지도 모르지만, 무풍지대에서 지내는 건 심심하다. 내가 재미있게 읽은 어떤 책의 제목처럼, '재미가 없으면 의미도 없다'.

차례

/

Ⅲ. 가랑비에 옷 젖듯 공부하다 생긴 일들

I

매일매일 공부하는 할머니가 되고 싶어

1°

도망치는 건 부끄럽지만 도움이 된다

프랑스의 유명 소설가 알베르 카뮈Albert Camus는 삶을 건축해야 할 대상이 아니라 연소시켜야 할 대상으로 봤다. 인생이란 탑을 건축하듯 차곡차곡 쌓아 올리는 것이라고 잠시 생각해본 적은 있지만, 활활 태워 없애야 할 대상이라고는 생각지 않았다. 하지만 인생 후반기에 이르니 '더 미뤄도 좋은 건 아무것도 없다'는 생각이 들면서 카뮈의 말이 옳다는 생각을 해본다.

뭔가를 시작했다 금세 그만둬도 괜찮다. 그 일이 만만치 않다는 걸 깨닫게 된 것만으로도 충분하다. 꾸준히 뭔가를 해야겠다는 생각을 처음부터 하지는 말 것. 시작도 하기 전에 지친다. 열심히 하겠다는 생각도 내 경우엔 부질없는 일이다. 딱 한 번 해본 다음 배우고 싶은 마음을 살포시 접었던 경우가 있는 반면, 가벼운 마음으로 시작해 꾸준히 즐기는 공부도 있다. 그래서 마음에 담아둔 '느리게 가는 것은 두렵지 않으나, 중도에 멈추게 될까 그것이 두렵다不怕慢只怕站' 라는 중국 속담을 되새기며 배움을 멈추지 않는다.

좋아하는 친구가 하는 일이면 왠지 다 멋져 보이는 법. 권하지 않아도 알아서 미리 나선다. 함께 뭔가를 배우고 싶다는 친구가 있으면 시간이 허락되는 대로 손 붙잡고 따라간다. 바이올린을 배우게 된 건 참으로 '친구 따라 강남 가기'의 전형적인 예라고 할 수 있다. 프랑스어 번역가 B를 따라 클래식 기타를 배우기 시작한 지 얼마 되지 않아 코로나19로 구민회관 수업이 중단돼, 손가락이 기타의 현을 몹시 그리워하던 참이었다. 때마침 매주 만나서 중국어 원서 강독을 하던 중국어 번역가 S가 바이올린을 배우려고 백화점 문화센터에 등록을 한다고 했다. 백화점에서는 방역 시스템을 잘 갖추고 규정을 지켜가며 수업을 진행하고 있으니, 믿고 배우러 가야겠다는 생각으로 덜컥 등록부터 했다. 여섯 줄짜리 기타랑 네 줄짜리 바이올린이 어떻게 다른지 알고 싶다는 탐구심이 맹렬하게 솟구쳤던 것이다.

사실 클래식 기타 수업을 듣기 아주 오래전부터 악기를 하나 배우고 싶다는 생각을 했다. 무조건 들고 다닐 수 있는 악기로 배우겠다는 원칙을 세운 다음, 처음 떠올린 것은 바이올린이었다. 그런데 바이올린을 배우고 있던 친구가 말하기를, 바이올린 현에서 소리를 내는 데만 최소 반년이 걸린다는 것이다. 성미 급한 내가 바이올린에 대한 마음을 접는 시간은 1초도 안 걸렸다. 그런데 클래식 기타 수업을 시작해 〈로망스Romance〉의 첫 번째 테마를 연주할 수 있게 되기까지 반년쯤 걸리고 보니, 바이올린도 해볼만한 거 아닌가 하는 생각이 들었다. 바이올린을 배우러 가겠다는 결정을 내리는 시간도 1초밖에 안 걸렸다. 당근마켓 앱이 없는 나를 위해 S가 그 자리에서 곧바로 연습용 바이올린을 단돈 3만 원에 구입해주었다.

그렇게 시작한 바이올린 수업은 예상했던 대로 기기묘묘한 소리를 내면서도 매회 빠지지 않았다. 한 줄의 현에서 소리가 제대로 날 때까지 연습하는 게 지루하거나 싫증이 나지 않았다. 집에 돌아와서 악기를 케이스에서 꺼내어 복습을 했다면 좀 더 빨리 실력이 늘었겠지만, 그런 일은 내게 있을 수 없다. 나는 학교에 다녀오면 책가방을 팽개쳤다가 다음 날 학교 갈 때에나 다시 집어 드는 스타일이기 때문이다. 이때 다시 한 번 깨달은 사실은, 내 비록 성미가 급해서 성과를 빨리 얻고 싶어하는 건 여전하지만, 매주 친구를 만날 겸

해서 놀러 나가는 일은 아무리 해도 지지치 않더라는 사실이다. 그렇게 해서 수업 넉 달째에는 바이올린 현 네 줄 중에서 세 줄을 정복했다.

그런데 내가 짝사랑하던 태극권은 시작과 동시에 비극으로 치달았다. 중국어를 공부하다 보니 중국문화에 대한 관심이 늘고 주한중국문화원의 강연이나 행사, 전시회를 접할 기회가 많았다. 그중 태극권은 국민운동이라 불릴 정도로 중국문화의 핵심이라고 할 수 있다. 게다가 힘 하나 안 들이고 물처럼 부드럽게 움직이는 느릿느릿한 품새라니. 마음을 빼앗기지 않을 수 없었다. 그래서 믿어 의심치 않았다. 내가 당연히 태극권 공부를 좋아할 것이라고.

한달음에 달려가 3개월짜리 태극권 과정을 등록했다. 하지만 유연성이라고는 찾아볼 수 없을 정도로 뻣뻣하게 굳어버린 몸에 태극권은 전혀 어울리지 않았다. 첫날부터 몸과 마음이 심하게 따로 놀았다. 쉬우면 운동이 아니라고는 하지만 태극권은 나무토막 같은 나의 몸이 해내기에 너무도 어려운 운동이었다. 게다가 수업시간이 매주 토요일 아침이었다. 두 번째, 세 번째 수업이 있던 토요일 점심 무렵에 친척의 결혼식이 있어 연이어 결석했다. 네 번째 수업에는 겨

우겨우 참여했으나, 그때부터는 수업 속도를 도저히 따라갈 수 없었다. 결국 중도하차를 결정했다. 강사도 훌륭하고 수업료도 저렴하고 심지어 집에서 가까운 거리였는데도 그만둔 것이다.

마음먹은 대로 되지 않는 것도 있는 법. 태극권에 관한 나의 관심과 애정은 여전하지만, 무술까지 연마해서 문무를 겸비한 인재가 되겠다는 계획은 결국 실패로 돌아갔다. 그리고 이 일을 계기로 오랜 기간에 걸쳐 배우고 익혀야 하는 공부는 수업 요일과 시간이 중요한 변수로 작용한다는 사실을 알게 되었다.

갈 길이 너무 멀어 보여도 갈등이 생긴다. 뭔가를 처음 배우려고 할 때, 수강 기간이 길거나 수업 횟수가 많으면 선뜻 발걸음을 떼기가 어렵다. 나 역시 무엇을 배우든 초반부터 기나긴 시간을 견뎌내고 열정을 투입해야 하는 수업은 가급적 피하는 성격이다. 그래서 부담 없는 원데이클래스와 1개월에서 3개월 정도의 기간 내에 하나의 과정이 마무리되는 수업을 선호한다. 새로이 시작한 배움의 길이 나와 잘 맞지 않을 때에 대비해서 일단 낯가림을 떨치는 준비기간이 필요한 셈이다.

예를 들어 옷 만들기를 배우고 싶다는 생각이 들면 우선 내게 적합한 커리큘럼을 제공하는 바느질 공방을 찾는다. 나는 《바느질 사계》와 《홍창미의 스토리 백》을 읽고 그 저자가 운영하는 공방의 초급반에서 6주 동안 옷을 만들었다. 6회의 수업 부산물로 소품 한 개와 옷 다섯 벌(스커트, 큐롯 반바지, 긴 바지, 소매 없는 원피스, 긴 소매 원피스)이 생겼다. 그리고 성취감을 맛보는 선에서 옷 만들기 수업을 끝냈다. 초급반을 무사히 마쳤는데도 다음 단계인 중급반 수업을 등록하지 않은 것이다. 만든 옷은 하나씩 늘어갔지만, 더는 배우기 힘들겠다는 생각이 옷가지 수에 비례해서 늘어났기 때문이다. 바느질은 내가 갈 길이 아니었던 것이다.

길을 잘못 들었다는 생각이 들면 옳은 길을 되찾아 나오면 된다. 가야 할 길이 아니라면 아무리 멀리, 아무리 많이 걸어갔다 해도 미련 두지 말고 냅다 돌아 나오는 게 좋다. 잘못된 길인 줄 알면서도 많이 걸어간 것이 아까워서 계속 가는 것이야말로 바보 같다고 생각한다. 길을 너무 멀리 떠나와서 어디로 돌아갈지 알 수 없을 때는 그 자리에서 새롭게 다시 시작하는 것도 속 시원한 해결책이다. 내가 하고 싶어 시작하고, 내가 하고 싶지 않아서 그만두는 건데, 나 아닌 그 누가 옳고 그름을 따지겠는가.

옷 만들기를 배우려고 했던 건 사실 옷감 위로 재봉틀을 돌려보고 싶어서였다. 재봉틀을 어떻게 사용하는지 궁금했고, 헝겊에 실을 드르륵 척척 박아서 소품이나 옷을 뚝딱 만들어내는 사람을 보면 유명 패션 디자이너 못지않게 멋져 보였다. 그런데 재봉틀에 동력을 연결하고 바늘 아래 천을 대고 박음질만 하면 옷이 만들어지는 게 아니었다. 패턴을 만들고 옷감을 재단하는 일은 정확하고 섬세한 손길이 필요하며, 수치 계산도 잘해야 했다. 여기에 안감이 있는 옷을 만들라치면 그 어려움은 두 배가 됐다. 안감을 적절한 사이즈로 재단해서 함께 박는 게 어찌나 어려웠던지. 나는 재봉틀 바늘에 실을 꿰는 요령조차 쉽게 터득하지 못했다. 다른 수강생들은 힘들이지 않고 잘만 하는 일이었는데도 말이다. 재봉틀 돌리는 법을 배워서 심플한 라인의 원피스를 만들고 지퍼를 다는 것까지가 나의 한계였다. 재킷이나 블라우스는…… 그냥 사서 입는 걸로.

재봉틀 만지는 일이 손에 착착 붙고 계속해서 바느질을 배우고 싶다는 생각이 들었다면, 중급 및 고급 과정을 수강하면서 난이도가 높은 코트도 만들었을 거다. 하지만 나는 재봉틀 다루는 법을 배우고, 입을 수 있는 옷을 만들어보는 것으로 마무리를 지었다. 그래도 매우 만족스러운 경험이었기에 지인들에게 그 공방에 가서 옷 만들기를 배우라고 채근해서 다음 수업에 등록한 친구도 있다. 옷 만들기 수업을 갈 때도 나 혼자 가지 않았음은 물론이다. 오랫동안 함께 요리를 배우고 있는 지인들 중 바느질에 관심이 있어 보이는 친구를 간택해서 바느질계에 입문시켰다. 그 친구는 중급 단계의 수업도 수강했다. 아무래도 나는 손 많이 가는 '옷 만들기'보다는 또 무얼 배울까 두리번거리며 찾고 기다리는 시간을 더 좋아하는 것 같다. '나의 끝은 나의 시작이다'(스코틀랜드의 메리 여왕이 감옥에 갇혀 있는 동안 그녀의 옷감에 자수로 새겨 넣었다는 문장).

마무리 짓는 기술은 중요하다. 뭔가를 시도했다가 중도에 그만두어야겠다는 생각이 들면 뭐라도 하나 건진 것이 있는지 확인하고 야무지게 마무리를 지어야 한다. 이런 걸 왜 배워야 하는지 앙탈을 부리고 싶거나 하기 싫어지면, 나는 잠시 손을 놓거나 적당히 밀어둔다. '선택과 집중'을 잘해야 한다고는 하지만, 나란 사람에게는 삽시간에 집중을 해제하는 법도 필요하다.

몇 년 전에는 수채화를 배우러 갔다가 스케치북 몇 장만 채우고 끝낸 적이 있다. 수채화의 색감을 제대로 내려면 물감이 마르는 시간을 견뎌야 하는데, 늘 마음보다 손이 먼저 나가 붓질하는 타이밍을 놓쳐서 그림을 망치곤 했기 때문이다. 그래서 어쩌다 잘 빠진 그림 하나를 건지자마자 그림 공부는 일단 끝내고, 수료증 삼아 그 그림을 침실 벽면에 마련한 '명예의 전당'에 소중하게 걸어두었다. 그러고도 미련이 남아 두어 해 뒤에는 데생의 기초를 배우러 갔다가 두 달 만에 그만뒀고, 다음에는 펜화 드로잉 수업을 시작해서 한 달을 채우고는 또다시 중도하차했다. 이렇게 여러 번 다시 시도하겠다는 마음을 먹고 실행에 옮길 수 있었던 것은 마무리를 잘 지었기 때문인 것 같다. 중도하차하는 순간에도 내가 그려낸 결과물들을 보면 후회가 들지 않았다. '그림 하나 건진 게 어디야'라며 오히려 자화자찬하기 바빴다. 그래서 그림 그리기 삼단 콤보를 시식하는 것으로 허기는 달랬지만, 다른 장르의 그림을 배우러 가겠다고 언제 또 나설지 모르기에 다시는 그림을 그리지 않겠다는 장담은 할 수 없다.

'도망치는 건 부끄럽지만 도움이 된다'(일본 드라마 제목). 자기 검열을 너무 많이 하면 나중에는 판단력이 흐려진다. 자기 회의도 가끔만 해야 자기 연민에 빠지지 않을 수 있다. 새로운 걸 배우고 싶어질 때는 가볍게 시작하는 것이 좋다. 별로 기대하지 않아야 부담이 없다. 우물쭈물하지 말고 대충 시작했다가 마음에 들면 최선을 다하자! 그렇게 선택과 집중의 시기를 지나 균형을 잡게 되면 무엇을 배웠건 그 분야에 관해서는 한결 깊어진 눈빛을 지니게 될 거다.

2°

공부하기 좋은 '시공간'

'카공'이라는 말이 떠오르고 있다. 카페에서 공부하는 사람들을 일컫는 말이다. 나 역시 카공족이라 해도 무방하다. 마감에 쫓기거나 학교에 제출할 리포트를 작성할 때는 어김없이 카페를 찾는다. 가족 모두 자신의 일을 하러 나가면 오전부터 오후 내내 집에 머무는 이는 나밖에 없고, 나를 방해하는 건 아무것도 없는데도 그렇다.

·

집 안에 만든 '나만의 공간'은 보통날의 공부를 하기 위해서 만든 곳이었다. 모든 공부와 일을 밖에서 해결할 수도 없는 데다, 오래전부터 미니멀리즘을 노래 부르다가 본격적으로 경험해보겠다는 각오로 집 크기를 절반으로 줄여 서촌으로 이사한 것도 한 이유였다. 새로운 공간은 나무랄 데 없었는데, 특히 소파와 텔레비전을 없애고 책장과 테이블을 놓아 서재로 사용하고 있는 거실이 마음에 들었다. 커다란 테이블 하나로 '이웃의 공간'을 탐하지 않고 남편과 마주 보고 앉아서 일을 한다. 마치 카페처럼 함께 있지만 따로 시간을 보내는 셈이다. 특히 일체형 컴퓨터의 강자 애플 아이맥 27인치 데스크톱 컴퓨터를 샀더니 모니터가 커서 화면 뒤에 완벽하게 숨을 수 있다. 혼자 맛난 간식을 야금야금 먹어도 맞은편에 앉은 남편이 감쪽같이 모를 지경이다.

아침이 되면 남편과 아이들이 모두 나가고 이 매력적인 집은 온전히 나만의 것이 된다. 대개는 '자기만의 공간'을 만들면 그 자리에 자꾸만 앉아 공부하고 싶어진다고 하는데, 나는 왜 그러지 못할까. 아마도 집에서는 목 늘어진 티셔츠에 트레이닝 바지를 입고 세수도 생략한 채 어슬렁거리는 걸 좋아하는, 뼛속까지 귀차니즘을 장착한 사람이라서 그런 것 같다. 번역 작업을 하다가 넓은 모니터 화면을 앞에 두고 안락한 의자에 몸을 실은 채 유유자적하며 책을 읽을 때도 있다. 그러니 뭔가 제대로 해야 되겠다 싶은 일이 있으면 어느 카페를 갈 것인지부터 고른다. 행선지를 정하고 나면, 그대로 나가지는 못하니 최소한 외출이 가능한 차림으로 집을 나선다. 집순이 모드에서 출근하는 직장인 모드로 전환하는 순간이다.

정재승 박사의 《열두 발자국》에는 창의적인 발상이 필요한 문제와 단순히 집중력만 필요한 문제를 풀게 하는 실험 이야기가 나온다. 집중력이 필요한 문제를 풀 때는 천장의 높이가 가장 낮은 2.4미터였을 때 성과가 제일 좋았고, 추상적인 두 개념을 이어야 하거나 어떤 문제를 다른 각도에서 바라봐야 하거나 창의적인 아이디어가 필요한 때는 천장의 높이가 가장 높은 3.3미터에서 최상의 성과가 나왔다고 한다.

천장의 높이가 높을수록 창의적인 아이디어가 나온다니. '그래서 내가 카페에서 일하기를 즐긴 거구나' 하고 무릎을 쳤다. 지금과 같은 카페문화가 존재하기 이전의 대학 시절에도 나는 학교 앞 다방에서 리포트를 쓰거나 시험공부를 하는 학생이었기 때문이다.

40여 년 전이라는 말로 시작하면 너무도 '라떼는 말이야' 스럽게 들린다. 하지만 지금과 같은 카페문화가 널리 자리잡기 이전에 다방에서 책 읽고 공부하던 이야기를 하려니 어쩔 수가 없이 이런 앵시피트incipit(첫 문장)로 한 단락을 시작해야겠다. 40여 년 전에는 친구들과 커피 마시러 갈 곳이 다방밖에 없었다. 패스트푸드점도 드물어서 학교 자판기 커피가 싫증 나는 날이나 편안하게 수다를 떨고 싶은 날에는 오래됐지만 고전미가 있는 다방에서 동글납작한 흰색 커피잔에 받침 접시까지 딸려 나오는 다방 커피를 마셨다.

커피를 좋아하기도 했지만 공부할 장소가 마땅치 않았던 당시에는 다방이 현실적인 대안이었다. 중간고사, 기말고사 기간에는 도서관에 자리 잡기가 어려워 다방에 가서 공부를 해야 했다. 시험 전날까지 공부를 전혀 안 하고 놀다가 당일치기로 위기를 모면한 기억이 꽤 많은 나의 머리에는 시험 당일, 시험 보기 직전에 하는 공부가 가장 쏙쏙 들어왔다. 게다가 집이나 도서관을 벗어난 공간에서 더 집중이 잘된다는 걸 알게 되면서부터 당연히 다방에서 공부하는 데 맛을 들였고, 그 습관이 지금까지 이어졌다. 어찌나 집중이 잘되던지 해외여행에서 멋진 카페를 구경하러 가서는 나도 모르게 작업모드 스위치가 켜지는 바람에 일만 하다 숙소로 돌아왔다는 믿지 못할 에피소드도 있다. 궁금하신 분은 《언니들의 여행법 1》 '도쿄대 학식 완전정복' 챕터를 읽어보시기를.

사람들마다 카페를 좋아하는 이유야 제각각이겠지만 나는 트인 공간이 주는 공공성을 즐긴다. 혼자 있음에도 외롭지 않고, 여럿이 함께 있지만 따로 시간을 보낼 수 있어 좋다. 아무도 나를 쳐다보지 않지만 내 마음대로 행동할 수는 없는, 약간의 제약이 뒤따르는 그 장소성이 내 자세와 태도를 바로잡아줘서 더 좋다. 그렇게 절반쯤 공적인 장소에서 자신의 모습을 돌아보며 공부하고 작업하는 것은 생산적일 수밖에 없다.

그래서 작업에 속도를 내고 싶으면 카페에 간다. 원고 마감이 코앞으로 다가오면 발길이 저절로 카페로 향한다. 일하다가 갑자기 멀쩡하게 잘 정리된 그릇장의 그릇들이나 싱크대 서랍을 다시 정리하고 싶어질 때도 카페에 간다. 집은 완전히 사적인 공간이어서 너무도 편안한 나머지 딴짓을 할 가능성이 다분하다. 꼭 필요한 집안일이 아닌데도 일을 만들어 딴짓을 하고 있다 싶으면 공간을 바꿔주는 게 낫다.

마음에 드는 카페가 있다면, 카페가 아니더라도 집중이 잘되는 곳이 있다면 그곳이 '자기만의 방'이다. 맑은 공기를 들이마시며 짧은 산책 후 도착하는 경복궁역 근처 던킨도너츠의 문 옆자리, 작년까지 내가 부지런히 드나들었던 동네 카페 일일케이크의 창가 자리, 한낮 오후에 당이 떨어질 때면 우주 최강의 머핀 냄새로 나를 유혹하던 카페 고로롱……. 던킨도너츠와 함께 내가 지극히 사랑하였으나 오래전에 사라지고 없는 나의 카페들은 그렇게 '마감을 하는 장소'

로 자리 잡았다.

집과 직장, 학교 등의 바깥 생활공간 사이로 스쳐지나가는 공간이나 완충지대로 카페를 활용하기도 한다. 한 공간에서 다른 공간으로 이동하면서 분위기와 기분을 전환하는 것이다. 물론 커피값이 아깝지 않을 정도로 본전은 뽑아야 한다. 커피 한 잔 마시며 앉아서 공부하고, 책을 읽거나 뜨개질, 그림 그리기까지 하면 이 또한 좋지 아니한가. 이렇게 카페에서 취미, 독서, 공부를 가리지 않고 하다가는 언젠가 카페에서 마감을 못 하고 놀기만 하는 날이 올지도 모르겠다.

공부는 장비발

《나 없이 화장품 사러 가지 마라!Don't Go to the Cosmetics Counter without Me》라는 책을 읽고서 친구들에게 일독을 권했던 적이 있다. 나와 비슷한 생각을 하고 있는 저자의 식견을 높이 사서다. 몇 년 전부터는 내게 유용한 필기도구를 하나 찾아서 주위에 있는 지인들에게 열심히 알려주는 중이다. 홍보비도 받지 않고 '내돈내산'으로 말이다. 어찌나 좋은지 색깔별로 사서 쟁여두고 있다. 그리고 그 필기구의 이름을 따서 '프릭션 없이 공부하러 가지 마라!'를 주문처럼 외고 다닌다. 아니, 외출할 때마다 몸에 지니고 다니니 '프릭션 없이는 외출하지 마라!'가 더 맞는 표현일 것 같다. 물 건너 일본에서 온 제품이고, 가격도 그리 저렴하지는 않지만 손글씨가 엉망인 내겐 참으로 사랑스러운 존재임에 틀림없다.

프릭션friction이라는 보통명사를 제품명frixion으로 차용한 이

볼펜은, 잘못 쓴 글씨나 밉게 필기한 글씨를 지우고 다시 쓸 수 있어 내게 더없는 사랑을 받고 있다(얼마 전 원서로 다시 《노인과 바다The Old Man and the Sea》를 읽을 때 이 단어를 발견했다. 이 책에서는 friction이 사전적 의미 1번인 '마찰'의 용도로 사용됐다. 처음 읽을 때는 눈에 들어오지 않던 단어였는데, 프릭션 펜을 알고 나니 평범한 의미의 보통명사가 갑자기 백년지기처럼 보인다). 사용 첫날부터 나의 최애 필기구 1위에 올랐는데, 당분간은 그 자리를 넘볼 필기구가 없을 것 같다.

필기한 내용에서 잘못된 부분을 발견하거나, 글씨를 알아볼 수 없게 된 경우, 프릭션의 존재를 몰랐을 때는 수정 테이프나 화이트 수정펜으로 글자를 누덕누덕 기웠다. 나는 내 손으로 적어놓고도 나중에 보면 뭘 써놨는지 알아보지 못하는 소문난 악필이다. 동시에 취미는 정리정돈이며 자칭 '정리의 여왕'이니 수정할 곳이 얼마나 눈에 많이 밟혔겠는가. 수정 도구를 빠뜨리고 외출한 날에는 첫 번째로 눈에 띄는 문구점에 달려가서 확보해두어야 마음이 든든했다.

프릭션 전의 최애 필기구가 어떤 거였는지 아무도 궁금해하지 않을 것 같지만, 라미LAMY라고 굳이 밝히는 이유는 지금 번역하고 있는 책에 나오는 내용 때문이다. 1980년대에 대학교를 다녔던 대만 건축가의 산문집인데, 그 책에서 이런 문장을 만났다. "흰색 셔츠 앞가슴 주머니에 늘 라미 만년필을 꽂고 다녔다. 당시의 라미 만년필은 비범하고도 뛰어난 재능을 상징하는 대표 문구였다." 이제 비록 프릭션으로 갈아타기는 했지만, 라미의 캘리그래피 펜은 내가 애정하는 부동의 2위 필기구다.

사실 필기구보다 중요한 나의 공부 도구는 사전 앱이다. 나는 사전을 사랑한다. 오죽하면 나의 별칭이 '심사전'이겠는가. 걸어다니는 사전이라는 뜻으로 친구들이 붙여준 건데, 사전을 심하게 사랑해서 얻은 이름이 아닐까 싶다. 걸어다니면서도 궁금한 게 있으면 사전을 찾기 때문이려나. 사실 사전 사랑은 마냥 자랑스럽기만 한 특성은 아닐지도 모른다. 열광적인 사전 애독자였던 플로베르Gustave Flaubert는 《통상 관념 사전Le dictionnaire des idées recues》에서 '사전'의 뜻을 '무식한 자들에게만 좋은 것'으로 풀었다. 나는 무식하므로 사전을 좋아할 수밖에 없는 운명이었던 것이다. 자신을 이렇게 재치 있게 조롱할 줄 아는 플로베르가 정말 좋다.

종이로 된 사전밖에 없던 시절에는 무거워서 감히 들고 다닐 수가 없었는데, 이제는 스마트폰 덕분에 온갖 사전을 매일 갖고 다닐 수 있어서 행복하다. 《밤의 도서관The Library at Night》을 집필한 알베르토 망겔Alberto Manguel이 말했듯이 사전은 망각을 물리치는 부적이니까.

모바일에서 사전 검색 기능을 사용할 때는 언어별로 각기 다른 브라우저 앱을 설치해서 사용한다. 컴퓨터나 모바일의 바탕화면이 깔끔한 걸 좋아하는 성격이라 앱 인심이 야박한 편이지만, 브라우저 앱이라면 아낌없이 설치한다. 새로운 브라우저를 사용하는 일에는 퍽 진심인 편이랄까. 왜 그렇게 되었는지는 나도 잘 모르겠다(호기심 천국인 성격 탓이 8할은 될 듯). 그래서 일반 검색은 네이버의 새로운 브라우저인 웨일을, 일본어 사전은 네이버사전 앱, 일본어 어휘 검색을 위한 고토방크コトバンク 사이트 검색은 마이크로소프트엣지, 중국 관련 검색은 바이두, 중국어사전은 사파리 앱(으로 네이버 중국어 사전), 프랑스어사전은 구글크롬(으로 네이버 프랑스어 사전)을 사용한다. 결론은, '고작 사전 앱을 쓴다는 이야기인데 뭘 이렇게까지?'라는 생각을 하면서도 스마트폰 바탕화면에 온갖 브라우저 앱을 띄워놓고 좋아한다. 아무래도 나는 합리적으로 사전을 찾아 공부하는 건 뒷전인 문어발식 앱 생활자인가 보다. 지루하게 느껴지면 그때 더 재미있는 방식을 찾아보는 걸로.

3°

친구 따라 공부 하기

흥미가 일어 자발적으로 무언가를 배우는 일에 발을 내딛는 건 여건이 허락되면 언제든 마음 가벼이 시작할 수 있다. 하지만 공부가 의무적으로 느껴지기 시작하는 순간, 흥미를 잃게 될지도 모른다. 스스로에게 부담을 주지 않으면서 오래 지속하려면 지속적으로 동인動因(이라 적고 '떡밥'이라 읽으면 좋을 듯하다)을 공급받아야 한다. 나의 경우에는 친구들과의 협업이 '하고 싶었던 일'을 '좋아서 계속할 수 있는 일'로 바꾸는 방법이었다. 즐거운 강제성이랄까? 마음 맞는 친구와 근황을 이야기하며 배우는 곳에 함께 가거나, 마음 편한 장소에서 약속을 잡고 함께 책을 읽었다. 한 단위의 팀 프로젝트를 진행하는 것처럼.

책모임에 참여하기 시작하면서 자연스럽게 취향이 비슷한 사람들을 만났다. 일부러 수소문해서 찾지 않아도 나보다 멋진 사람들은 어디에나 있었다. 그림책을 좋아하는 친구들과는 그림책을 읽으며 그림과 작가에 관한 이야기를 나누는 그 자체가 공부다. 뜨개질을 잘하는 사람들과는 실과 바늘만 있으면 신나는 수다와 함께 뜨개질 작품들이 수중에 들어온다. 요리 수업처럼 맛나고 생산적인 공부는 또 어떤가? 공자도 관계 속에서 뜻[志]을 세운다고 했다. '뜻이 있는 곳에 길이 있다'는 경구도 사람들과의 관계 속에서 뜻을 세우면 길이 보인다는 뜻으로 풀이할 수 있겠다.

문희정 작가가 출판사를 만들어 직접 책을 만들어보고 싶다기에 냉큼 함께 수강신청을 해서 1인출판 과정을 들은 적이 있다. 나는 그저 출판 과정이 궁금해서 따라갔지만, 열심히 수업을 들었던 희정 작가는 곧바로 책 만드는 일을 시작했다. 출판사 이름을 '문화다방'이라고 짓고, 따뜻하고 아름다운 책들을 만들며 출판 경력을 단단하게 쌓아 올리는 중이다. 희정 작가는 자신이 사는 곳 서촌에 관한 책 《낭만서촌》도 출간했는데, 나는 그 책에 담긴 서촌의 매력에 이끌려 친구 따라 이사한다는 마음으로 주거지를 옮기기까지 했다. 그리고 남편의 근무지가 변경되어 서촌, 아니 서울을 떠난 희정 작가는 잊을 수 없는 그곳에 대한 그리움을 담아 《낭만서촌》 개정판을 출간했는데, 나는 그 책에 추천사를 올리는 영광을 얻었다.

희정 작가가 책과 관련한 굿즈를 만들 때 필요한 실크스크린 인쇄를 배울 때도 함께 수업을 등록했다. 그런데 막상 수업을 시작할 때가 되자 내가 새로운 번역 작업에 들어가게 되어 실크스크린 수업은 딸이 대신 받으러 갈 수밖에 없었다. 대타로 졸지에 실크스크린 수업에 불려나갔던 일이 딸에게 유용한 시간이 되었기를!

내게 친구들과의 협업이 동인일 수 있는 이유는, 주변에 있는 사람들을 서로 만나게 해주고 그 안에서 새로운 관계가 형성되어 재미있는 일들이 펼쳐지기를 기대하는 버릇이 있기 때문이다. 한 그림에 그려넣으면 잘 어우러질 듯싶은 사람들을 엮어 새로운 그림을 그려보고 싶을 때가 있지 않은가. 작정하고 저지르는 일은 아니지만 그러다 보면 좋은 일도 많이 생긴다. 자칫하면 물정 모르는 오지라퍼가 되거나 주책의 일인자가 될 수도 있으니 충분히 친밀한 사람들을 대상으로 작업에 들어가는 게 좋다.

서울 북촌에서 잘생긴 고양이 동동이와 사는 1인 출판사 '좋은여름'의 대표이자 작가인 하정과는 북촌의 정독도서관에서 근무할 때 친해졌다. 하정이 자신의 출판사를 운영하기 전, 다른 출판사에서 나온 그녀의 책을 읽고 팬이 된 나는, 하정의 책을 좋아할 만한 지인에게 소개하거나 북촌에 나를 만나러 온 친구들과 시간이 맞으면 하정의 집에 놀러가서 차를 마시는 일이 종종 있었다. 하정의 집이 있는 북촌과 내가 사는 서촌이 가깝기에 가능한 일이었다. 하정이 캘리그래피와 드로잉 수업을 열면 지인들과 함께 수강하러 가는 등 하정과의 인연은 10년 넘게 이어지고 있다. 최근에는 1인 출판사 '책덕'을 운영하는 김민희 작가와 만나게 해주면 서로의 작업에 시너지 효과를 낼 것 같다는 생각이 들었다. 그래서 나를 만나러 서촌에 온 민희 작가의 손을 꼬옥 붙잡고 북촌의 하정을 만나러 갔다.

하정은 오랜 기간 캘리그래피와 드로잉을 가르쳤기에 새로운 사람을 만나는 일이 물 흐르듯 자연스러웠지만, 혼자서 번역을 하거나 책을 만들어온 민희 작가는 처음 만나는 사람 집에 덜컥 들어가는 게 정말 드문 일이었다고 한다. 그녀는 "성격상 절대 하지 않는 일도 어떨 때는 너무 쉽고 자연스럽게 하게 되는 때가 있다"라는 후일담과 함께, 나를 '인연 이어주기 기술'을 지닌 사람으로 규정했다. 게다가 하정의 집에 들어서는 순간 '이 편안함은 뭐지?' 싶었다는 이야기도 전해줬다. 그 만남의 백미는 처음 만난 두 사람을 두고 내가 다른 약속이 있어 먼저 자리를 떴다는 점이다. 그런데도 두 사람은 이런저런 책 이야기를 퍽이나 즐겁게 나눴다고 한다. 그러고 나서 두 사람을 다시 만나게 해준 것은 하정이 덴마크 스반홀름 공동체에서의 생활을 마치고 돌아와 새로운 책을 내려고 할 때였다. 처음으로 책을 만들려 할 때 출판의 모든 것을 조언해줄 가장 좋은 친구가 바로 민희 작가였으니까. 책의 편집과 디자인까지 모두 직접 해내고 있는 두 작가의 출판사를 위해 건배를!

눈치챘을지 모르겠지만 내 주위에 있는 친구들은 대부분 책을 좋아하거나 책과 연관된 일을 하는 사람들이다. 학부 첫 번째 전공이 국문학이어서 대학교 친구들의 직업을 보면 교사와 교수, 작가, 출판사 편집자 그리고 언론계 종사자에 이르기까지 온통 문자나 언어와 관계를 맺고 있기는 하다. 그런데 학교를 벗어나 졸업을 하고 보니 그 많던 친구들은 다 어디로 갔는지, 어른의 시간을 보내는 사람들은 별다른 이슈 없이 그냥 만나기가 쉽지 않았다. 그래서 친구들끼리 정기적으로 만나는 모임을 하나둘씩 만들기 시작했고, 오랜만에 친구들을 만날 때는 밥 먹고 차 마시고 헤어지느니 그 시간을 쪼개 책 이야기를 나누는 쪽으로 가닥을 잡았다. 다른 사람 눈에 치밀하게 보일 수도 있지만, 사실은 책을 좋아하는 친구들이 많았기에 자연스럽게 분위기가 그쪽으로 흘렀다고 보는 게 맞다. 그렇게 해서 참가하는 책모임이 늘 서너 개 된다. 읽기로 한 책을 다 읽고 나면 새로운 책을 읽기 전에 잠시 휴식을 가지므로 모임의 수는 들쑥날쑥하지만, 아는 사람을 만나면 붙들어 앉히고 호시탐탐 책 읽을 기회부터 찾는다.

'책모임 만들기의 정석' 같은 건 모른다. 관심이 가서 구입해 책장에 모셔두고는 더 재미있는 신간이 나올 때마다 뒷전으로 밀리는 책들이 점점 늘어간다는 느낌이 오면, 하나씩 꺼내 함께 읽을 사람을 찾을 뿐이다. 가볍고 재미있는 책은 혼자서도 잘 읽지만 두께가 목침 같은 책, 무게는 가벼워도 내용이 버거운 책, 혼자 읽다가는 혼절해버릴 것만 같은 책들이 쌓이면 인생이 무거워지는 것 같아서다. 책을 읽고 토론하는 것도 좋지만, 읽기 힘든 책을 처리하는 방법으로는 적합하지 않다. 그래서 두꺼운 책, 어려운 책은 본문을 처음부터 끝까지 낭독하는 방식으로 해결하는데, 혼자서 낭독하는 것이 아니라 여럿이 돌려가며 읽으므로 '윤독輪讀'모임이 된다. 책모임의 이름도 정해두면 좋다. 나는 책의 제목을 모임 이름으로 정하곤 하는데, 경우에 따라서는 작가 이름을 넣어서 부르기도 한다. 제임스 조이스James Joyce의 《율리시스Ulysses》를 읽을 때는 율리시스 클럽, 마르셀 프루스트Marcel Proust의 《잃어버린 시간을 찾아서A la recherche du temps perdu》를 읽을 때는 책 제목이 너무 길어 프루스트 클럽으로 불렀다. 앞으로 읽을 알레기에리 단테Alighieri Dante의 《신곡La comedia di Dante Alighieri》 모임은 단테 클럽이 좋을지, 신곡 클럽이 좋을지 아직 정하지 못해서 모임을 시작하지 못하고 있다(농담!).

책을 윤독으로 읽자고 하면 처음에는 조금 미심쩍어하는 사람들도 있다. '초등학교 국어 시간에나 하던 돌려 읽기라니?' 하는 얼굴로 나를 본다. 하지만 윤독을 한 번이라도 해보면 인원이 많으면 많은 대로, 적으면 적은 대로 함께했던 모든 사람이 200퍼센트 효과적이라며 좋아했다. 다른 사람이 읽어주는 소리를 들으며 눈으로 책을 따라 읽으면 훨씬 집중이 잘되는 것 같다고도 했다. 역시 내 친구들이 최고!

모든 책모임은 일주일에 한 번 모여 두 시간씩 읽는 것을 원칙으로 한다. 저녁 시간에 모이는 직장인 친구들과의 모임은 격주로 진행하는 경우도 있다. 책에 따라 완독하기까지의 기간이 각기 다른데, 혼자서는 읽기 지루했던 《율리시스》의 전체 텍스트를 빠짐없이 읽으니 어찌나 개운하던지. 짚고 넘어가고 싶은 내용이 있으면 읽는 사람이 바뀌는 타이밍에 짧게 언급하는 것만으로도 충분했다. 920쪽인 조르주 페렉Georges Perec의 《인생 사용법La vie mode d'emploi》도 그 덕분에 다 읽었다. 모든 책은 첫 회에 읽은 책의 쪽수를 알게 되면 전체 소요 일정이 얼추 나온다. 엄청난 두께의 책을 읽을 때는 몇 달씩 걸리기 때문에, 모이는 장소에 책을 보관해두고 다니면 좋다. 이럴 때는 카페 같은 곳에서 모이면 불편이 따른다. 내가 선호하는 곳은 지인의 개인 작업실이나 책모임 장소를 합리적인 비용으로 제공해주는 동네 책방이다. 모이는 일정과 장소만 정해지면 언제든 한번 시작해보시기를!

코로나19로 인원이 많은 책모임은 중단할 수밖에 없게 되어, 돈키호테 클럽과 프루스트 클럽은 거의 2년째 잠정적으로 중단한 상태다. 그 대신 두 명만 모여 원서를 윤독하는 모임을 네 개 만들었다. 영어, 중국어, 일본어, 프랑스어로 된 책을 읽는데, 영어는 별다른 준비 없이 읽을 수 있지만 일본어는 한자 단어의 독음을, 중국어 역시 모르는 단어의 성조와 병음을 미리 찾아서 표시해둬야 하는 준비 작업이 필요하다. 일본어 원서는 한국어가 유창한 일본인 친구와 함께 읽고, 중국어 원서는 중국 현지에서 오래 살았던 중국어 번역가 친구와 읽으며 도움을 얻고 있다. 프랑스어는 그저 문장을 더듬거리며 어버버버하는 중이어서 나보다 더 멋진 발음을 구사하는 친구 WJ의 실력에 기대 근근이 버티고 있다. 그나저나 그 친구는 이제 곧 외국으로 공부하러 갈 예정이어서 프랑스어 책을 함께 읽을 친구를 얼른 섭외해야 한다. 그러지 않으면 여러 권 사둔 프랑스어 원서들을 도저히 처리할 방법이 없다!

취미로 배웁니다

나는 영화도 배웠다. 영상미학과 영화이론을 살짝 건드리는 정도였지만, 덕분에 이제야 영화 보는 방법을 조금씩 깨우쳐가는 중이다. 해외문화를 접하기 위한 방편으로 영화를 보기 시작했기에, 영화에 관해 진지하게 생각해본 적이 없었던 시절을 거쳐 이제는 좋은 영화를 찾아보는 단계로 접어들었다.

예전에는 개봉작 가운데 외화만 골라서 봤다. 한국문화에 푹 젖어 있으니 국내영화까지 볼 필요를 못 느껴서일 뿐, 문화사대주의자는 아니다. 당시에는 개봉하는 한국영화 편수가 지금보다 적었기에 볼 영화가 없어서 걱정이었지, 무슨 영화를 볼 것인가에 관해서는 고민할 필요가 없었다. 그러다 정성일 영화평론가를 알게 됐다. 물론 책(《언젠가 세상은 영화가 될 것이다》)으로.

책으로만 알던 정성일 평론가를 직접 영접하게 된 사연은 이렇다. 학습공동체인 숭례문학당에서 정성일 평론가를 초빙해 '정성일 영화학교'를 설립……한 것은 아니고, 10회짜리 강의를 개설했다. 정성일 평론가의 열정에 탄복한 사람들이 자신의 앞날에 무엇이 기다리고 있는지도 모른 채, 영화를 공부하기 시작하게 된 것이다. '정성일 영화학교'는 입학할 수 있는 학생 수가 불과 십여 명이고, 중간에 낙오자가 생기지 않는 한 신입생을 모집하지 않는 특수한 학교다. 그리고 일단 수업을 시작하면 강의를 끝내는 시간 따위는 무의미해지는 고된 하루가 시작된다. 수업은 정시에 시작하지만, 끝나는 시간은 아무도 알 수 없기 때문이다. 집이 먼 학생들은 한밤중에 알아서 집에 갈 수 있어야 한다.

영화학교에서 나는 처음부터 다시 영화를 공부했다. 그동안 영화를 많이 봤으면 뭘하나. 영화의 가장 기본 단위인 '숏'을 모르고서는 영화를 볼 수 없다는 사실을 비로소 깨닫게 된 것을! 지금까지는 그저 스크린에서 보여주는 장면들을 따라가며 스토리를 풀어내기만 알면 영화를 잘 보는 줄 알았다. 글눈을 떠서 영화 자막을 읽을 수 있게 된 이후로 우리나라에서 개봉하는 외화들을 섭렵하고, 영화서적도 남 못지않게 읽어 기초 영화사와 영화이론은 잘 꿰고 있는 줄 알았는데, 알고 보니 그런 건 아무것도 아니었다.

두 시간짜리 영화를 보고는 세 시간도 넘는 시간에 걸쳐 숏을 분석하는 수업은 매번 그 시간이 영원히 끝나지 않기를 바랄 정도로 흥미로웠다. 영화를 장면 안에서 보이는 것만으로 이야기해야지, 정신분석이나 페미니즘 이론을 들이대기 시작하면 영화 이야기가 아니라 다른 이야기를 하게 된다는 설명도 새롭게 다가왔다.

결국 그동안 봐왔던 영화들을 몽땅 다시 보고 싶다는 엄청나고도 불가능한 욕망에 시달리게 됐다. 다행히 안이한 태도로 영화를 즐기던 과거에 비해 안목을 키우게 된 것에 만족하는 걸로 나 자신과 타협했다. 수업시간에 넋 놓고 딴짓하다 들켜서 불시에 교탁 앞으로 붙들려 나온 열등생의 모양새였던 나 자신을 인정하고, 앞으로는 숏으로 영화를 이해하려고 한다. 문학작품에만 전작주의를 적용할 게 아니라 영화에 관해서도 전작주의를 지향해야겠다. 좋아하는 감독들의 필모그래피를 들여다보면서 놓친 영화들, 앞으로 나올 영화들을 리스트업해야지.

학생들마다 스마트폰으로 자유롭게 초단편 영화 한 편씩을 찍어서 평가를 받는 시간도 가졌다. 몇 분 안 되는 영상을 보면서도 학생들의 마음속에 들어갔다 나온 듯 정확하게 작품 경향을 분석해내는 과정을 보는 건 또 다른 배움의 시간이었다. 나는 우리 동네 서촌의 풍광을 담은 영상에 밥 겔도프Bob Geldof의 노래 〈I Don't Like Mondays〉를 얹어서 제출했다. 1~2분짜리 단편영화를 구성하는 인상적인 시놉시스를 구상할 수도, 촬영할 재간도 없어서였다. 아니나 다를까, 다른 학인學人들은 아마추어 연기자까지 불러 모아 흥미로운 영상들을 준비해서 영화학교 학생다운 면모를 유감없이 발휘했다. 그렇게 영화 인생 최초로 하늘이 놀라고 땅이 움직인 10회의 수업을 무사히 마쳤다.

II

좋아서 하는 마음을 잃지 않게

4°

당신이 외국어 공부를 계속하면 좋겠습니다

현재의 삶에 갇혀 더는 생각이 자라지 않을 때는 어떻게 하는가? 생각하는 대로 살기 위해서는 어느 정도의 용기가 필요하다. 구체적으로 어떻게, 어떤 용기를 내야 할지 모를 때, 나는 다른 사람의 생각이 축적된 책을 읽거나 새로운 걸 시도하고 배운다. 이성적으로 사고하든 감성적으로 대책 없이 골라잡든 일단 뭐라도 읽고 배운다.

공부라는 우주 앞에서 작아지는 사람들이 어쩌다 공부를 하려고 마음은 먹어도 무엇을 공부해야 할지 모르는 경우가 많다. 막연히 뭔가 공부하고 싶다거나, 여유가 생겼을 때 그냥 놀기는 싫은 사람들이 쉽게 시작하고 성취감을 얻을 수 있는 공부는 없을까? 바쁜 시간을 쪼갠 우리에게 생산적인 성과를 남길 수 있는 공부 말이다.

나는 그런 사람들에게 외국어 공부를 추천하고 싶다. 유학 갈 필요가 없거나 해외 관련 업무를 하고 있지 않아서 외국어를 배워야 할 목표나 명분이 없는 사람에게도 외국어 공부처럼 좋은 게 없다.

외국어 공부는 다른 공부를 하면서도 할 수 있고, 자신의 생활방식에 맞춰 충분히 강도를 조절할 수 있는 공부다. 무엇보다 누구 눈치를 볼 필요가 없다. 인생 중후반기에 들어 공부를 한다고 하면 "그 나이에 그런 걸 배워서 뭐해?"라는 말을 듣기 일쑤인데, 외국어 공부를 한다고 하면 오랜 시간을 투자해도 계획 없는 사람으로 취급받지 않는다. 다시 말해 감정노동을 할 필요가 없다. 게다가 여유가 된다면 해외로 떠나서 새로 배운 외국어를 사용해본다거나(지금의 시국에서는 힘든 일일 수 있겠지만), 자격시험에 응시해 성취감을 얻기도 쉬운 공부다.

또한 엉성하게 공부해도 써먹을 수 있고, 잘하지 못해도 크게 흉이 되지 않는 것이 외국어다. 영어 공부로 익히 경험한 바, 오래도록 아마추어 단계에 머물러도 덜 부끄러운 건 외국어밖에 없는 것 같다. 오히려 계속 공부해야 할 당위성을 부여해준다는 억지스러운 생각도 해본다. 모국어가 아닌

다른 나라의 언어를 몇 달 배운 것만으로 날렵하게 사용하는 사람은 없으니까. 아, 혹시 그런 사람이 있다면 아주 특별한 경우니까 예외로 하자. 일주일에 2회 이상의 수업을 정기적으로 부지런하게 들어야 4~5년 후에 높은 수준의 언어지식을 지니게 된다는 이야기를 책에서 읽었다. 열여섯 개 언어를 말할 줄 아는 다중언어 구사자가 쓴 《언어공부How I Learn Languages》라는 훌륭한 책이다. 그러니 실력이 빠르게 늘지 않는다고 애면글면하지 않아도 된다.

정리하자면 외국어 공부는 해야 할 이유를 참 쉽게 찾을 수 있는 공부다. 나의 경우, 언어를 모르는 나라에 가기 싫었다. 여행을 가는 모든 나라의 언어를 완전히 배울 수는 없는 노릇이지만, 적어도 내가 머무는 나라의 상점 간판이라도 읽고 마음 편하게 교통편을 이용할 정도는 알고 싶었다(물론 관광지에서는 현지인들과 대화는 못 해도 손가락과 지갑만 있으면 어떻게든 된다). 유전자의 8할이 호기심으로 채워진 인간형이면서도 지독한 길치인 나는, 여행지에 가면 사방이 호기심 천국으로 변하는 탓에 잠시만 한눈을 팔아도 길을 잃는다. 세상의 모든 길치와 방향치가 다 사라진다 해도 마지막까지 남아 최후를 장식할 인물이 바로 나다. 게다가 타고나기를 궁금증을 못 참는 성격이라 길을 잃어도 서 있는 위치가 어디인지는 알아야 직성이 풀린다. 여행 중 어려움에 처할 때는 현재 위치가 어딘지 정확히 알아야 상황을 해결하기도 수월해진다. 그래서 나는 모르는 언어나 문자로 적힌 표지판을 사용하는 나라에 가기 싫다. 어영부영하다 반대편으로 가는 열차를 탈 수도 있으니까.

여행의 이유는 새로운 곳의 기억을 통해 마음을 환기하고 몸의 활력을 재충전하려는 건데, 실상 새로운 곳에 도착하면 긴장감과 경계심으로 신경이 곤두서서 금세 배터리가 닳아버린다. 모르는 길은 가지 않는 방법도 있겠지만, 나는 이제 직장을 다니지 않으므로 먼 나라로 길게 떠날 자유가 있다. 단기 여행자가 아니라 한 나라, 한 도시에서 오래 머무르며 장기 생활자로 지내는 게 가능해졌다는 이야기다. 그래서 여행을 가면 이곳저곳 바삐 돌아다니는 것보다는, 한 장소에서 최대한 오래 눌러앉아 있기를 좋아한다. 관광지에 온 여행자가 되기보다는 며칠을 살아도 나만의 루틴을 만들어 그곳에 눌러사는 사람처럼 지내고 싶다. 그러니 여행 때문에라도 언어를 공부해야 하지 않겠는가. 평소에는 튼튼한 체력을 자랑하다가도 여행지에서는 저용량 배터리의 소유자가 되는 내겐, 여행지의 언어와 문자를 익히는 일이 여행 성공의 관건이다.

관광객이 드나들지 않는 동남아 지역의 작은 도시에서는 현지인들에게 아주 기본적인 영어회화조차 통하지 않을 때가 있어, 쇼핑을 하기에 불편할 때가 많다. 언어를 모르는 나라에는 별로 가고 싶지 않다고 늘 입버릇처럼 말하던 내가 2018년 가을에 5주간 머물렀던 베트남의 호찌민이 그랬다. 호찌민은 베트남의 옛 수도이며 경제중심지다. 게다가 내가 투숙하고 있던 레지던시 아파트는 외국인들이 많이 거주하는 지역에 위치해 밥값을 주고받는 정도의 영어는 문제가 없으리라 굳게 믿었는데, 현실은 그렇지가 않았다. 메뉴판이 있고 가격표가 붙어 있는 식당은 써 있는 대로 계산을 했지만, 나이 든 현지인이 운영하는 노점에 가면 물건값을 치르는 데 어려움이 많았다. 주인장이 영어로 알려주지 못하는 경우가 많아서 자신이 받을 만큼의 금액에 맞는 화폐를 단위별로 여러 장 꺼내서 내게 보여주기도 했다. 그마저도 제대로 안 돼서 답답하면 내가 종류별로 화폐를 몇 장 내밀고 맞는 금액만큼 집어가게 했다. 지갑이나 돈을 보여주는 건 위험할 수 있다고 들었지만 길거리 음식이 맛있어 보여 이미 손에 쥐었는데 내려놓기도 남우세스러울 때, 마음에 든 물건이 있어서 꼭 사고 싶을 때는 별다른 대책이 없었다.

이때의 경험은 최소한 화폐단위와 숫자 세는 법이라도

현지 언어로 배워가야겠다고 또다시 다짐하는 계기가 됐다. 그 나라의 언어를 모르면 여행 다니기가 불편하다. 자동번역 시대에 외국어를 배울 필요가 있느냐는 이야기도 들리지만, 나에게는 급박한 상황이 아니라면 굳이 번역기 돌리느라 손가락 노동을 늘리는 것보다 놀고 있는 입을 열어 말하는 게 더 재미있다. 기계음이 아닌, 인간만이 말할 수 있는 아름다운 목소리로!

프랑스 철학자 질 들뢰즈Gilles Deleuze가 말하는 '시간의 층위'에는 잃어버리는 시간, 잃어버린 시간, 되찾는 시간, 되찾은 시간이 있다. 들뢰즈는 그의 책 《프루스트와 기호들Proust et les signes》에서 프루스트의 《잃어버린 시간을 찾아서》에 나오는 그 유명한 홍차와 마들렌 에피소드를 '되찾은 시간'으로 분석했다. 마들렌의 맛에서 고모네 집이 있던 콩브레에서의 기억을 살려내는 주인공의 모습은 수없이 많은 책에서 인용한 바 있으니, 이 에피소드를 접했던 기억은 쉽게 되찾을 수 있을 것이다.

이처럼 '잃어버리는 시간'의 과정을 통과해서 이미 '잃어버린 시간'들은 누구에게나 있을 것이다. '되찾는 시간'을 거쳐 '되찾은 시간'이 전개되는 사건을 만들어보고 싶지 않은가.

들뢰즈는 마들렌에 자극을 받은 '비자발적 기억력'이 만들어내는 공명의 효과가 '지고지순한 행복감'으로 나타나게 된다고 했다. 나중에 우리가 살아갈 시간들 중 '지고지순한 행복감'으로 등장할 우리의 마들렌을 여기저기 숨겨두면 어떨까. 내가 찾아낸 나의 마들렌은 '외국어'다.

질 들뢰즈의 이 말이 모두에게 울림이 되기를.

> 헛되이 보내버린 이 시간 안에 진실이 있다는 것을 마지막에 가서 우리가 깨닫게 되는 것, 그것이 바로 배움의 본질적인 성과다.

5°

학구파
아니고
학교파

✎

아는 사람은 알겠지만, 나는 '학구파'는 못 되고 '학교파' 쯤 된다. 공부가 아니라 학교 다니는 걸 즐긴다는 의미에서의 학교파다. 나는 외국어를 공부하고 싶을 때 한국방송통신대학교(이하 방송대) 인문과학대학 3학년으로 편입한다. 방송대 인문과학대학 내에는 국어국문학과, 영어영문학과, 중어중문학과, 프랑스언어문화학과, 일본학과, 총 다섯 개 전공이 있다. 그렇게 해서 얻은 학사 학위가 네 개다(40여 년 전의 학부 전공까지 포함하면 다섯 개). 자신이 전공한 분야의 전문가로 인정받으려면 대학을 졸업한 이후에 더 열심히 공부해야 된다는 건 모두 잘 알고 계실 테니, 학부 졸업장이 하나 더 생겼다고 어디 가서 자랑하지는 않는다. 그런데 나는 왜 방송대를 고집하는 걸까?

어떤 일을 시작할 때 결과가 너무 불확실해 보이면 피로도가 높아진다. 중간중간 적절한 보상과 성취감을 얻을 기회가 있어야 더 오래 공부를 즐길 수 있다. 이런 방식은 짧은 기간에 기초 단계를 마치고 성과를 내는 걸 좋아하는 내 성격과 맞다. 그래서 어학을 공부할 때는 자격시험(등급시험)을 보거나 방송대에 편입하는 것이다.

방송대는 1학년으로 입학해도 되고, 교육과정에 따라 편입 자격을 갖췄다면 2학년이나 3학년에 편입해 공부할 수도 있다. 1학년으로 입학해서 4년을 공부하면 더 많이 배울 수 있겠지만, 나에게는 그 과정이 길고 지루하다. 기간이 짧은 걸 좋아하는 나는 무조건 3학년에 편입하는 쪽을 택한다. 3학년으로 편입해서 졸업할 때까지의 4학기 동안 전공 관련 과목만 수강신청해서 들으면 1학년부터 4학년까지의 거의 모든 전공과목을 배울 수 있다. 편입생의 경우 이미 교양과목 학점이 충분하기에 전공과목 학점만 취득해도 된다.

방송대에 처음 관심을 갖게 된 이유는 아주 단순했다. 두 아이의 육아를 다 끝내고 퇴근 후에 야간 외출을 할 수 있는 시기가 차츰 다가오고 있었던 것. 일단 오랜만에 학교를 다녀보고 싶었다. 처음에 생각하기로는 대학교는 이미 다녔으니 대학원을 가야지 싶었다. 그런데 아뿔싸, 그때는 이미 대학교를 졸업한 지가 30년도 넘게 지난 시점이었으니! 수준 높은 교육을 받기에 앞서 내 머리가 그걸 감당할 수 있을지 아주 많이 의심쩍었다. 머리를 워밍업하기에 좋은 방안을 찾다가 꽂힌 곳이 바로 방송대였다. 일반 사이버대학보다 등록금이 훨씬 저렴하고, 국립대학교이므로 강의 수준은 안심해도 될 것 같았다. 그래서 대학원 입학에 가장 도움이 될 듯싶은 영어영문학과 3학년으로 편입했고(석사 학위를 취득할 때 영어 성적이 필요하므로) 그 결과 대학원까지 무사히 마칠 수 있었다. 이렇게 시작된 방송대와의 인연은 중어중문학과, 일본학과, 프랑스언어문화학과로 줄줄이 이어지게 된다. 대학원을 마치고 나니 학교 다니는 즐거움이 없어져서 살짝 서운하기도 했고, 방송대의 교육 과정, 특히 출석 수업이 매우 마음에 들었기 때문이다.

방송대에서 다시 공부를 시작하는 친구들이 요즘 많이 늘었다. 오래 다니던 직장에서 퇴직하고 원예를 즐겨 전문적으로 공부하고 싶어하던 한 친구는 내가 방송대에 농학과가 있다는 정보를 알려주자 곧바로 3학년에 편입해 우수한 성적으로 학업을 마쳤다. 대기업 컴퓨터 프로그래머에서 플로리스트로 직종을 바꾼 또 다른 친구 SY는 키즈 플라워 클래스를 운영하면서 그림책 공부를 하더니 아예 방송대 유아교육학과에 신입생으로 입학을 했다. 유아교육과는 교사 자격증을 취득해야 하는 교육과정이니만큼 편입은 허용하지 않으며, 방송대 내에서 매우 높은 입시 경쟁률을 기록한다. 유아교육과에서 일과 공부를 병행하며 어렵게 실습 과정까지 마치고 드디어 유치원 정교사(2급) 교원자격증을 발급받은 성실하고 부지런한 나의 친구는 지금 유치원 교사로 근무 중이다.

다른 사람들이 보기에는 나의 공부가 늘어지고 지지부진해 보일 게 틀림없다. 내가 보기에도 공부해온 기간에 대비해서 산출한 결과를 따져보면 가성비가 좋다고는 못 하겠다. 또 다른 누군가는 방송대에 3학년으로 편입해서 다닌 2년을 두고 리포트 몇 개 쓰고, 며칠 출석하고, 시험 몇 번 본 것 외에 정작 공부한 시간은 몇 시간밖에 없지 않으냐고 할 수도 있겠다. 하지만 나는 그 2년간 학교에서 외국어를 공부한 덕분에 다른 언어로 된 책을 읽는 재미가 늘어났다.

내 경우, 어떤 외국어를 배워도 입 밖으로 말 한마디 꺼내지 못하는 때가 많지만, 그 외국어로 쓰인 책을 읽는 일은 가능하다. 책 읽기를 밥 먹기와 같은 레벨로 생각하는 나로서는 한국어로 된 읽을거리가 없거나, 새로운 책을 구할 시간이 없을 때 상비약처럼 쟁여두는 것이 영어로 된 소설책이다. 수중에 읽을 책이 떨어지면 영어 소설을 읽고, 번역되지 않은 책을 빨리 읽고 싶을 때는 원서를 주문해서 읽는다. 그러다가 아직 번역되지 않은 재미난 책을 발견해서 국내에 소개하고 싶어 직접 번역을 시작하게 되었으니, 이보다 더 좋을 수는 없다. '이익이 많이 남는 장사, 밑지지 않는 거래'란 바로 이럴 때 사용하려고 아껴둔 말이다.

오스카 와일드Oscar Wilde는 말했다. "인간은 그 자신의 신화를 창조해야 한다고 생각한다." 하지만 나는 외국어 공부를 하느라 고군분투했던 시간들보다는 물 쓰듯이 아깝게 흘려보낸 시간이 더 많다. 멍 때리는 시간, 아무것도 안 하는 시간도 필요한 법이라며 스스로를 위로한 시간도 많다. 이런 내가 신화를 창조하기는 어려워 보인다. 방송대를 무난하게 졸업하는 정도가 내가 할 수 있는 최대치다.

한번도 학교에 다닌 적이 없으면서 '인간은 생각하는 갈대'라는 유명한 어록이 들어 있는 《팡세Pensées》를 쓴 블레즈 파스칼Blaise Pascal과 학교파인 내가 닮은 점이 유일하게 하나 있다. 바로 '어떤 호기심의 대상에서 다른 대상으로 넘어가는 빠른 속도'다. 차이점은? 파스칼은 도전 과제 역시 빠르게 해결하고 넘어갔지만, 나는 해결 안 된 과제를 슬며시 내려놓고 또 다른 과제를 찾아 두리번거린다는 것! 세상이 '호기심 천국'이요, 천성이 '호기심 대마왕'인지라 내 호기심의 끝이 어디쯤인지 알 수가 없다. 그러다 보니 호기심이 관심으로 업그레이드되는 순간 또 무엇을 배우게 될지 모른다. 특대형 사이즈의 호기심 때문에 앞으로도 나는 모든 공부와 기약 없는 전투를 치르게 생겼다. 아무래도 방송대에 버금갈 새로운 공부 장소를 찾아 나서야겠다.

6°

배울 준비가 될 때 가르치는 이상한 선생

일본어의 매력을 접하게 된 계기는 사람들과의 만남에서 문득 찾아왔다. 내가 사랑하는 문체의 소유자인 최예선 작가의 집필실 '달콤한 작업실'은 여러 관심사를 함께 배우는 온갖 공부 생활의 산실이다. 쾌적한 작업실에 함께 공부할 수 있는 크고 멋진 테이블이 있으니, 차를 마시며 일상 이야기만 하기보다는 뭔가 공부하기에 좋은 환경이라는 생각이 들었다. 그리고 의기투합해서 처음 스터디를 시작한 언어가 바로 일본어였다. 일본어 스터디의 멤버는 작업실 주인인 최예선 작가, 외국계 IT 회사에 근무하며 직장인 밴드의 보컬을 맡고 있는 미키, 출판사 편집자인 KY, 마지막으로 나였다.

예선 작가의 눈에 비친 나는 공부하자는 말을 늘 뿌리고 다니는 열혈인생의 주인이며, 좌청룡은 '책'이고 우백호는 '영화'인 사람이었다. 하나 더 보태자면 여행가방 꾸리기가

귀찮아서 여행을 싫어하는 왕언니였다. 그런 나와는 달리 나머지 세 사람은 여행을 무척이나 좋아했다. 해외여행이라고는 딱 두 번밖에 다녀오지 않았고 일본은 한 번도 안 가봤던 나와는 비교할 수 없이 많은 나라를 다녀서, 여행 가이드를 해도 될 정도의 베테랑들이었다. 그런 사람들끼리 모여 어떤 스터디를 할 것인지 이야기하다 보니 자연스레 외국어 공부로 범위가 좁혀졌고, 일본어를 공부해서 일본 여행을 다녀온 다음 함께 책을 쓰면 좋겠다는 쪽으로 흘러갔다. 종목을 정하고 목표가 정해지자, 미키가 직장에서 언니처럼 따르는 동료인 재일교포 미나 센세せんせい(선생)를 일본어 선생으로 영입해 기나긴 공부 생활의 첫 테이프를 끊었다.

일주일에 한 번 작업실에 다섯 명이 모여 두 시간 정도 일본어의 50음도부터 배웠다. 모두에게 일본어 수업은 처음이었으니까. 생기 넘치는 미나 센세의 수업 방식은 우리를 끊임없이 웃게 만들었다. 그에 더해 학생들은 꼬불거리는 글씨로 히라가나와 가타카나를 써놓고는 누구의 글씨가 더 못생겼는지 서로를 규탄하다가 허리가 끊어질 듯 웃느라 수업시간이 모자랄 정도였다.

그래도 시간은 흘러 기초 수업을 마치고 무라카미 하루

키村上春樹의 짧은 이야기에 예쁜 일러스트가 더해진 그림책 《후와후와ふわふわ》를 읽을 수 있게 됐다. 후와후와는 '폭신폭신' 정도로 번역할 수 있는 단어로, 어린시절을 함께한 통통하고 나이 든 암고양이에 관한 하루키의 추억록이다. 얇은 책을 함께 읽는 시간이 좋았던 우리가 그다음으로 고른 책 역시 하루키의 단편소설 〈ふしぎな書館〉으로, 우리나라에는 《이상한 도서관》이라는 제목으로 출간되었다. 마침내 공부한 일본어를 실습해보자는 기치 아래 일본 여행을 다녀왔다. 그 결과물로 미키, 예선 작가, 편집자 KY와 나는 스터디를 시작할 때의 목표를 이뤘다. 바로 《언니들의 여행법》 일본 편을 함께 쓴 것이다.

달콤한 작업실에서 기초 일본어를 끝내고 원서 두 권을 강독했다고는 하지만 나의 일본어 실력은 단어 서너 개 나열해서 문장을 만드는 수준에 불과하니, 처음 공부를 시작했을 때나 여행까지 다녀온 뒤나 실력은 비슷했다. 고작해야 제자리걸음에서 간신히 두어 발짝 앞으로 나아간 정도밖에는 안 됐다. 일본어를 배웠다는 말조차 꺼내기 민망한 형국이었다. 나의 실력에 회의가 들자, 새로 공부하는 출발점에 서고 싶었다. 회의만 하고 앉아 있을 게 아니라 여기에 성의를 조금 담고, 진심도 살짝 얹어보면 나아질지도 모르니까.

게다가 한번 시작한 일은 어떤 형태로든 끝을 봐야 한다는 갸륵한 의지는 있어서, 방송대 중어중문학과를 졸업하고 곧바로 일본학과 3학년에 편입을 했다. 혼자 학교 다니기는 싫어서 물귀신 작전으로 친구 네 명을 모아 함께 진학했다. 그중 직장 일이 바빠 야근을 훈장처럼 달고 살던 친구 한 명을 제외하고는 모두 끝까지 함께했다.

무사히 졸업을 할 수 있었던 건 '공부는 적당히, 시험 공부는 열심히' 하는 평소의 공부 스타일을 잘 견지(?)할 수 있었기 때문이다. 중고교 시절에 열심히 공부하지 않은 걸 반성하며 그때보다 더욱 열심히 공부를 하겠다는 생각은 꿈에도 하지 않았다. 우등생이 되고 싶다는 바람은 유년기의 노스탤지어로 남겨둘 것이다. 재미있는 과목은 신나게 공부하고, 흥미 없는 과목은 적당히 공부하면서 학교를 왔다 갔다 했다(사이버대학이니 실제로 학교에 가는 날은 출석 수업에 참여하는 며칠 그리고 중간고사, 기말고사를 보는 날뿐이었지만). 원래 나는 책가방 들고 매일 왔다 갔다 하는 가방 운반책 노릇은 착실하게 한 학생이었다. 그리고 또 하나, 시험 전날에 밤을 뜨겁게 불태우는 것을 잘했다. 시간은 빠듯한데 공부할 분량이 많아서 과부하가 걸리면 아드레날린이 급속하게 분출되어 초인적인 기억력을 발휘할 수 있다는 것이 나의 지론이다.

그리고 일본학과에 편입하면서 내가 자구책으로 생각해 낸 것이 하나 있었으니, 바로 다른 사람에게 일본어를 가르쳐야겠다는 거였다. 학교에서 공부한 걸 제대로 복습하려면 누군가를 가르치면서 책임감을 느껴야 하지 않을까 싶었다. 가르치려면 먼저 내가 공부해서 알아야 하지 않겠나. 가르치는 것이 가장 확실한 공부법이란 말도 어디선가 들어본 듯하니 한번 해볼만했다. 과정이 즐거우면 그것만으로도 만족하는 단순한 성격의 내가 일본어 공부를 지속하려면 뭔가 더 즐거운 자극이 필요했다.

3월 입학과 동시에 나보다 훨씬 똑똑해 보이는 주변 지인들을 섭외했다. 히라가나와 기본 한자만 간신히 뗀 초보 선생이 뭘 가르치든 믿고 한번 배워보겠다는 학생들을 네 명이나 모았다. 나의 공부를 위해 학생들이 시간을 제공하는 묘한 클래스이므로 수업료는 받지 않았다. 다만 모두 분초를 다투는 바쁜 직장인들이고 어엿한 어른 학생들이니, 퇴근 후의 소중한 시간을 뭉텅 잘라내는 일은 없을 것이라고 다짐했다. 제대로 된 상품(배움)을 제공할 수 있을 때까지 지고 지순하게 기다림의 시간을 감내해야 할 학생들을 위한 최소한의 양심선언인 셈이었다. 사람이 이익을 주고받을 때도 상도의商道義라는 것이 있지 않은가.

일주일에 한 번 점심시간에 학생들의 직장 근처에서 브런치를 먹으며 공부하는 걸로 정하고 바로 수업에 들어갔다. 네 명의 학생들이 모두 출판 관련 업무를 하고 있어(편집자 두 명, 북디자이너 한 명, 영미문학번역가 한 명), 일본어로 된 신간을 읽고 내용을 조금이라도 이해할 수 있게 되는 것을 수업 목표로 삼았다. 어떤 딴짓이든 허용하고, 숙제도 없으며, 외우라고 강요하지 않는 게 우리 수업의 유일한 불문율이었다. 제아무리 멋지고 좋은 일도 힘들면 계속하기 어려우니까. 어떤 일을 오래하기 위해서는 과정이 즐겁고 재미있어야 한다.

첫 야매 일본어 수업에서는 모바일 사전을 사용할 수 있도록 일본어 문자 입력하는 법, 단어 찾는 법, 이미지 번역 앱의 기능을 설명했다. 원문을 입력할 수 있게 되면 일-한 번역기를 사용할 수 있어서 좋다. 그래서 학생들은 수업 첫날부터 일본어를 능수능란하게 사전에서 찾을 수 있게 되었다. 한자로 된 단어는 읽는 법을 모르면 사전에서 찾기도 어려운데, 이 경우에는 필기 인식 기능을 사용하면 편리하다. 나중에 문법 수업에 들어갈 때에 대비해서 사전에서 찾은 단어의 품사 및 문법 용례, 어미 변화 활용표 보는 법도 미리 알려줬다. 나의 경험에서 비롯한 주관적인 생각이긴 하지만,

한 번 들어서 다 이해할 수 있는 내용은 아니었기에 학생들에게는 골치 아픈 건 바로 잊어버리고, 필기도 거의 할 필요가 없다는 말도 덧붙였다.

경험만큼 좋은 스승은 없다지만, 내가 공부한 경험을 그대로 다른 사람에게 옮겨주는 게 과연 적절한지 잠시 망설이기는 했다. 나의 공부 방식이 다른 사람에게까지 유효한지 판단이 서지 않았기 때문이다. 시간만 낭비하는 결과를 가져올 수도 있고, 내가 체득한 것들만 가르치면 내용이 빈약해 보일 수도 있었다. 하지만 다른 이들에게 전달하는 과정을 통해 적어도 '자기 연마'에는 도움이 될 것 같았다. 학생들에게도 내가 '야매 선생'이 되려는 이유는 나 자신의 공부를 위해서임을 명명백백하게 밝히는 것으로 서로의 부담을 덜었다. 이 수업을 통해 내게 일본어 경험치가 조금이라도 더 쌓여서 수업 내용이 조금씩 더 충실해지면 되는 거 아닌가. 선생과 학생이 함께 성장하는 방향으로 나아갈 수만 있다면 양쪽 모두에게 좋은 일이고, 아니면 새로운 공부법을 개발하는 실험의 장을 만드는 즐거움이라도 주지 않겠나.

앞으로도 내 수업에서 초지일관 지켜나갈 기본원칙은 다음과 같다. 확실하게 내가 이해한 내용만 다룬다, 내가 모르는 건 일단 무시하고 다음 기회에 배우기로 한다, 중요한 내용이라면 여기저기에서 여러 번 다시 등장할 테니 결국에는 어찌어찌 이해하게 된다 등등. '이해가 안 되면 외우기라도 해야 된다'는 방침을 적용해야 될 상황도 있겠지만, 이 방침은 당장 중요한 시험을 앞둔 시기에만 사용하고 싶다. 아무 때나 그러면 안 된다. 힘들어서 못 해먹겠다는 말이 곧 튀어나올 것이기 때문이다.

첫 수업은 그렇게 이런저런 것이 있다는 사실만 알려주는 차원에서 금세 끝났다. 문법은 배울 준비가 되었을 때 수업하는 걸로 했다. 여기서 '배울 준비가 되었을 때'라는 건 선생인 내가 확실하게 배운 다음이란 의미다. 문법은 중요하다. 문법을 배우지 않으면 언어를 제대로 사용할 수 없을 테니까. 하지만 차근차근 배워보겠다고 초보자를 위한 문법책을 들여다보다가 그 언어의 문턱을 제대로 넘어보기도 전에 어려워서 포기했다는 경험을 주위에서 종종 듣곤 한다. 고등학교 시절 제2외국어로 선택해서 3년이나 공부했던 독일어가 내게는 문법에서 시작해 문법으로 끝난 기억밖에는 없으니 그럴 법도 하다. 독일어는 관사가 없으면 아무 말도 시작하지 못하는 언어다. 따라서 독일어를 배우려면 주격, 소유격, 여격, 대격 등 네 가지 격변화에 따라 변하는 관사를 순서대로 외우지 않을 도리가 없다. 게다가 독일어의 모든 명사는 남성, 여성, 중성으로 성별을 달리해야 하는데 이것만으로도 충분히 지친다. 이렇게 독일어는 내게 문턱도 넘지 못한 채 문 앞에서 맴돌다 그냥 뒤돌아선 느낌만 남겨주고 갔다(결국 다시 배우기는 했지만).

그래서 쉬워 보이는 책 한 권, 시 한 편을 골라서 마음 편하게 공부하다가 문장의 형태가 왜 이렇게 생겨먹었을까 궁금해질 때쯤 그 부분에 해당하는 문법을 찾아 공부하는 편이 훨씬 재미있지 않을까 생각했다. 그런 생각으로 고른 일본어 독해 수업의 첫 교재는 《중판미정重版未定》이란 원서 만화였다. 책을 만들어 출판하는 이야기를 담은 만화여서, 편집자로 일하는 나의 두 학생들(반년을 함께 공부하던 중 번역가와 북디자이너 학생은 사정이 생겨 조기 수료를 하고, 편집자 학생 두 명만 남았다)에게 적합할 것 같아서였다. 일본 작가가 쓴 책이므로 우리나라와 일본의 출판계를 비교해보는 재미도 있었다. 일본의 영세 출판사를 무대로 책이 팔리지 않는 시대에 책을 만드는 일에 관해 아주 솔직하게 묘사하고 있어서 흥미로웠다. 주인공이 "책이 팔릴 리 없어本なんて売れるわけないだろ"라고 자조적으로 말하는 컷을 표지로 삼은 걸 보면 한국의 출판 현실과 묘하게 통하는 느낌이 들었다.

결정적으로 《중쇄 미정: 말단 편집자의 하루하루》라는 제목의 한국어 번역본이 나와 있다는 점이 마음에 들었다. 수업 준비를 하면서 미리 읽어두면 적어도 내용을 잘못 이해하고 가르칠 우려는 하지 않아도 되기 때문이었다. 만화이므로 말풍선 속의 간단한 문장 두어 개만 공부하면 한 페이지가 금세 끝나는 것도 이 책을 선택한 이유였다. 만화가 아니라 글만 있는 일본어 원서였다면 한 페이지 읽기도 선생과 학생 모두에게 벅차다는 건 굳이 말 안 해도 서로가 다 잘 아는 사실이니까.

그런데 원서를 세 챕터가량 읽어나가다 보니 기본 문장을 먼저 보는 게 좋겠다는 생각이 들어 교재를 변경했다. 책은 안 팔리고 늘 마감의 압박에 시달리는 이야기에는 공감이 갔고, 출판계 용어가 많이 나오는 점은 유익했다. 하지만 실제로 쓰이는 회화체 문장들이 동사·형용사 어미 활용을 잘 모르는 우리 같은 초보에게는 적합하지 않다는 결론이 났기 때문이다.

다음으로 간택한 자료는 어학 교재 전문 다락원 출판사에서 펴낸 일한대역본 《일본 초등학교 1학년 국어교과서선》이었다. 초등학교 1학년 교과서라면 당연히 쉬운 기본 일본어를 다룰 테니 안성맞춤이었다. 그런데 이 책 또한 세 챕터까지 공부하고 끝냈다. 예전에 우리나라 초등학교 교과서에도 전래동화가 수록되어 있었던 것처럼 일본 초등학교의 교과서도 옛이야기들을 다뤘는데, 일본인이 아닌 우리들의 정서에는 별로 와닿지 않았다. 전체 일곱 챕터 중 여섯 챕터의 주인공 혹은 등장인물이 모두 동물인데, 동물들이 즐기고 노는 모습이나 이야기 전개 방식에 그다지 흥미가 느껴지지 않았다. 초등학교 1학년을 위한 책이어서 문장이 어렵거나 단어 수가 많지 않아 초보자 수준에 적합하기는 했다.

결국 《일본 초등학교 1학년 국어교과서선》에 수록된 건 몽땅 옛날 이야기뿐이니 현대 일상을 보여주는 단어들이 나오는 책을 공부해보자는 이야기가 나왔다. 이러다 세 번째 챕터가 우리의 마지노선이 되는 거 아닌가 싶었지만, 새로운 책으로 바꿔 공부하면 분위기가 환기되어 좋다는 의견에 힘입어 새로운 교재로 갈아탔다. 그렇게 해서 고른 책이 《동화로 배우는 일본어 필수한자 1006자》로, 일본 초등학교 1학년에서 6학년까지 각 학년에서 학습하는 한자가 한 편의 동화 속에 들어 있는 책이다. 창작동화이므로 생생한 일본어를 배울 수 있고, 이 한 권의 책으로 일본 한자 1006자를 배우게 된다는 표지글에 반해서 읽기 시작했다.

하지만 이번에도 끝까지 다 읽지 못했다. 1~2학년의 내용까지는 힘들지 않았는데 3학년 챕터부터 문장이 길어지기 시작하더니 4학년 챕터부터는 분량도 늘어나서 미리 예습을 하지 않으면 수업 시간에 한자 읽는 법을 공부하느라 진도를 조금밖에 나갈 수가 없었다. 예습과 복습의 부담을 주지 않고 최소한의 노력으로 꾸준히 공부하기로 했던 당초의 수업 목표를 수정하고 싶지 않았다. 어차피 재미로 시작한 공부 아닌가. 그래서 이 책은 4학년까지만 공부하고 잠시 보관해뒀다가 다음에 마저 읽기로 하고, 또다시 읽고 싶은 책을 신나게 논의하기 시작했다.

새로운 책은 내가 갖고 있던 원서 중에서 하나 골랐다. 앞서 말한 무라카미 하루키의 그림책 《후와후와》였다. 《후와후와》는 《언니들의 여행법》팀과 이미 한 번 읽어본 책이고, 작년에 번역서도 나왔으니 마음 놓고 추천했다. 그렇게 해서 이 책을 일주일에 한두 페이지씩 읽기 시작했다. 40여 쪽의 작고 얇은 책이므로 진도를 빼는 데도 무리가 없었다. 게다가 하루키의 문체를 원어로 맛보는 일은 나와 학생들에게 즐거운 경험이었다. 이 얇은 책을 다 읽는 데 족히 몇 달이 걸렸지만 이렇게 즐거운 마음으로 일본어 공부가 계속된다면 언젠가는 일본어로 된 두꺼운 책도 너끈히 읽어내리라 미루어 짐작한다. 일본어 전문교육기관에 함께 들어가 동일선상에서 공부하게 될 날도 오지 않을까 싶다.

일본어 초보로서 내가 맡고 싶었던 선생 역할은 딱 하나였다. 나는 학생들이 공부를 너무 열심히 하는 것보다는 적절한 긴장을 유지하기만을 기대한다. 마틴 스코세이지Martin Scorsese감독의 영화 〈택시 드라이버Taxi Driver〉에서 택시 기사 트레비스(로버트 드니로)의 택시에 올라타 궤변을 늘어놓으며 트레비스를 가르치려 들던 어느 택시 승객 같은 배역(마틴 스코세이지가 직접 출연해서 짧지만 인상적인 연기를 선보인다)은 다른 사람에게 양보하련다. 트레비스가 악을 직접 처단해야겠다고 매그넘44를 들고 밤거리를 돌아치게 만든 장본인이 바로 그 택시 승객일지도 모른다는 생각이 들어서다. 그런 사람의 이야기를 듣다 보면 잔잔하던 신경도 날카로워지고, 없던 화도 솟구쳐 누구든 총 들고 거리로 돌격하고 싶어질 게 틀림없으니까.

사실 나는 총명한 학생들 덕분에 말 그대로 거저 일본어 공부를 하게 된 행운아다. 그런 나는 일본어를 배우는 게 과연 어떤 것인지 궁금하게 만들어, 본격적으로 공부하도록 촉발하는 존재가 되는 걸로 만족하고 싶다. 선생으로서의 역량은 부족하지만, 스스로 공부하는 법을 깨치는 학생들을 옆에서 지켜보며 보조하는 역할이 더 좋다. 쓸데없이 기다란 배움의 가방끈을 자랑하려는 것이 아니라, 배움의 가느다란 끈에 매달려 그 끄트머리에 불붙일 뇌관 노릇을 하면 스스로 만족할 것 같다. 이때의 자만은 절대로 자만自慢이 아니고 자만自滿이다.

선생과 학생들이 해외여행이나 출장 등으로 국내에 없는 경우를 제외하고는 매주 모여 공부한 지 꽤 많은 시간이 흘렀다. 그간의 성과로는 어떤 것이 있냐고? 석 달쯤 지났을 때 한 학생이 해준 말이 내게는 '성공의 보수'였다.

이제 가랑비에 옷 젖는 기분이 들기 시작했어요.

5년째 가랑비에 옷 적시는 기분으로 스터디를 하고 있다. 아직도 일본어로 된 두꺼운 책은 못 읽지만 일본어 공부를 놓지 않고 계속하고 있다는 것이 뿌듯할 뿐이다. 이렇게 신나는 마음으로 일본어 수업을 하러 가는 날이 계속되길 바란다.

야매 선생의 일본어 공부법

1. 혼자 공부하고 싶다면, 드라마 <일본인이 모르는 일본어>

일본어를 공부하면서 보기 좋은 드라마가 있다. 바로 〈일본인이 모르는 일본어日本人の知らない日本語〉다. 일본어회화가 수준급인 지인의 추천으로 보게 된 드라마인데, 각국에서 모여든 외국인들에게 일본어를 가르치는 어학원에서 벌어지는 일들을 재미있게 그렸다.

실제로 외국인에게 일본어를 가르치는 우미노 나기코海野凪子의 책 《일본인이 모르는 일본어》가 원작이며, 실사 영화 〈시간을 달리는 소녀時をかける少女〉의 주연 여배우인 나카 리이사仲里依가 일본어 강사로 등장한다. 그녀는 일본어를 전공한 전문가가 아닌 것으로 나오는데, 외국인들에게 설명하기 위해 천천히 일본어를 설명해주기 때문에 초보자들도 단어를 띄엄띄

엄 알아들을 수 있어서 좋다. 자막까지 곁들여 설명해주는 장면을 보면 온라인 일본어 강좌를 듣는 느낌이다. 드라마를 보는 시간도 공부하는 시간으로 셈할 수 있어 일석이조다.

2. 일본국제교류기금 어학 클래스

일본어를 처음으로 시작하고 급하지 않게 배워보려는 사람들에게 추천하는 곳은 일본국제교류기금의 어학 클래스다. 학교 공부에서 부족한 회화를 보완하려고 초급 과정을 일단 등록해서 다녀봤는데 의외로 재미가 있었다.

일본어를 전혀 모르는 학생들을 대상으로 한 입문 과정은 레벨 테스트를 거치지 않으며, 준원어민에 해당하는 한국인 교사가 한국어로 수업을 한다. 이 과정은 매 학기마다 열리지는 않는다. 내가 공부하는 기간에는 가장 쉬운 수준의 강의가 초급 과정밖에 없었다. 입문 과정의 경우엔 마감일 전에 신청하고 선착순으로 정원 내에 들면 등록할 수 있다. 그런데 입문 과정에 지원할 때는 전혀 일본어를 공부하지 않은 상태인지 묻고, 조금이라도 일본어를 공부했던 흔적이 엿보이면 받아주지 않는다. 함께 공부하게 될 진짜 초보 수강생들의 수업에 걸림돌이 되기 때문인 것 같다.

레벨 테스트를 반드시 거쳐야 하는 초급 이상의 과정부터는 원어민 교사가 처음부터 일본어로만 수업을 진행하므로, 일본어로 공부하고 싶은 사람들에게 매우 쓸모가 있는 수업이다. 일본어를 조금 알아듣기만 할 뿐, 일본어 단어를 따로 외우지도 않고 예습, 복습 같은 거 하기 싫어하는 나는 일본국제교류기금의 강의실에 가서 일본어 말하기를 들으며 앉아 있는 것만으로도 공부가 되는 것 같아서 매우 즐거웠다.

게다가 일본국제교류기금은 일본 정부에서 자국의 교육 및 문화교류 기회를 확충하기 위해 운영하는 곳이라 수강료가 그리 비싸지 않다. 강사진도 모두 일본 정부에서 선발한 사람들로, 일본어 교육에 최적화된 곳으로 정평이 나 있다. JLPT N1 등급의 실력을 가진 사람들을 위한 수업도 있으며, 다양한 일본문화 강좌의 일환으로 번역 관련 수업도 개설해서 두루 다녀볼 만하다.

입문 과정을 제외한 다른 과정은 90분 정도의 필기시험과 5~10분 정도의 간단한 일본어 인터뷰로 레벨 테스트를 한다. 필기시험은 처음부터 끝까지 일본어로 되어 있어서 일본어 실력이 왕초보인 사람은 상당히 당황할지도 모른다. 정확히 아는 문제에만 답을 적는 것이 관건이다. 제대로 이해하지 못한 채로 대충 답을 찍어서 맞히게 되면 본인의 실력보다 상급반에 배정되는 수가 있으니 유의하시기를.

7°

문법책 끝내지 않기

✎

처음 외국어 스터디를 시작할 때는 일본어 하나만이라도 잘 배워서 잘 써먹을 생각이었다. 하지만 일본어 스터디를 종료할 수밖에 없는 슬픈 사연이 생겼다. 일본어 선생인 미나 센세와 더불어 화기애애하게, 공부보다는 친목 다지기에 힘쓰던 어느 날, 미나 센세가 영어 연수를 받기 위해 한국을 떠난다는 소식을 전했다. 새로운 각오를 다지고 영어 공부를 위해 미국으로 건너가는 것이므로 기뻐해야 마땅한 일이었으나, 지도자를 잃고 표류할 위기에 처한 멤버들은 어쩌란 말인가.

일본어 선생을 새로 영입해서 수업을 이어나가려는 생각을 안 해본 것은 아니지만 우리 모임의 캐치프레이즈인 '즐겁고 부담 없이 공부하기'를 이어가려면 편안하고 재미있게 가르쳐줄 인재를 물색해야만 가능한 일이었다. 우리의 수업

방식을 십분 이해하는 선생을 섭외하는 게 가능하긴 할까?

고민하던 그때 우리에게 중국어라는 신세계를 열어준 이가 있었으니, 바로 한국외국어대학교에서 중국어를 전공하는 4학년 여대생 '소담 라오스 老师(선생)'였다. 홍차에 관심이 많은 소담 라오스는 예선 작가의 책 《홍차, 느리게 매혹되다》에 매혹돼 달콤한 작업실의 홍차 모임을 함께하고 있었는데, 그 인연이 중국어 수업으로 이어진 것이다. 사진작가 앙리 카르티에 브레송Henri Cartier Bresson이 "모든 일에는 결정적 순간이 있다"라고 하더니 정말 그랬다(이렇게 멋진 문장은 마구 사용해줘야 한다).

예선 작가가 우리의 중국어 선생이 될 소담 라오스를 초대해서 만났다. 그러고는 일본어 공부를 이어가야겠다는 생각밖에는 없던 멤버들이 마치 "일본어가 아니면 중국어라도 달라!"며 요구했던 사람들처럼 중국어 습득에 열의를 보였다. 딱히 중국어를 배워 무엇에 쓸 것인지 생각해본 적이 없던 우리였지만, 함께 모여 공부하는 즐거움을 중요하게 여겼기 때문에 새로운 것을 받아들이는 데 너그러웠던 것이라 짐작해본다. 하지만 이때까지만 해도 《언니들의 여행법》을 일본편에 이어 대만편까지 함께 집필하게 될 줄은 몰랐다.

사실 내게는 난공불락의 어려운 존재로만 느껴지던 중국어를 향한 도전의식이 있었다. 전공은 국어국문학이지만 한국한문학이 좋아서 3, 4학년 때는 바로 옆에 있던 한문교육학과의 전공 수업을 학기마다 빼놓지 않고 한 과목씩 들었다. 그때 원서를 강독하고 번역하는 수업이 너무 재미있어서, 공책에 원문을 옮겨 적고 스스로 번역 연습을 하기도 했었다. 필요하지 않은 물건들은 버리길 좋아하는 내가 그 공책은 지금도 가지고 있다.

그렇다고 한자 공부를 많이 한 내가 중국어 공부에 유리했던 것은 결코 아니다. 대학교 시절 공부한 한자를 많이 까먹기도 했지만, 한자를 많이 아는 것이 중국어뿐만 아니라 일본어 공부를 할 때 방해가 될 수 있기 때문이다. 우리가 알고 있는 한자와 중국인이 사용하는 한자, 일본인이 사용하는 한자는 그 모양이 모두 동일하다고 해도 뉘앙스가 다르게 사용되는 경우가 많다. 최근에 출판된 《앙대 앙~대 코패니즈 한자어》라는 책에서는 '엄연과 厳然은 쓰임새가 엄연히! 다르다' '환멸과 幻滅은 말뜻의 무게감이 다르다' '일본어 失踪과 한국어 실종, 그 황당한 차이' 등 똑같은 한자 단어도 우리나라와 일본에서 얼마나 다르게 사용되는지 구체적으로 보여준다. 중국어의 한자에 관해서도 이런 책이 있었으면 내가 중국어 공부하는 데 필요한 진리를 조금이라도 더 빨리 깨달을 수 있었을 텐데.

다시 스터디 이야기로 돌아가자면 우리 스터디에 소담 라오스가 합류하고 바로 그다음 주부터 중국어 공부가 시작됐다. 첫 수업 시간에는 중국어의 발음 기호인 성모와 운모부터 배웠다. 쉽게 설명하자면 성모는 한글의 자음, 운모는 한글의 모음에 해당한다. 하지만 막상 수업이 시작되자, 한국어에서는 발음해볼 일이 없는 권설음捲舌音(혀말이소리)을 제대로 낼 수 없었음은 물론, 조금만 낯선 발음이 들리기만 해도 일단 웃음부터 터져나왔다. 생전 처음 입에 중국어를 올려보는 스터디 멤버들의 발음이 서로에게 어찌나 우스꽝스럽게 들리던지. 눈물까지 흘려가며 웃느라 우리가 지금 뭘 배우고 있는지, 수업 시간이 어떻게 지나가는지도 모를 정도였다. 의자에서 굴러떨어지지 않은 것만도 다행이지 뭔가. 소담 라오스가 혹 우리에게 실망하면 어쩌나 살짝 걱정도 했지만, 서로 민망해하지 않는 선에서 웃음을 수습하면서 즐거이 다음 수업을 기다렸다.

중국어는 '기승전 성조'인데 성조를 제대로 해보겠다고 노력하면 할수록 웃음의 연속이었다. 일단 바닥까지 내려갔다 다시 올라와야 하는 3성이 가장 어려워 소리를 내기가 제일 쑥스럽고 어색했다. 평성인 1성도 만만치 않았던 것이, 낮고 평평해 보이는 느낌과는 정반대로 네 개의 성조 중에서 가장 높은 음이라지 뭔가. 내가 기억하기로 마음에 새긴 성조 네 개의 특성은 이러하다.

1성은 가장 높게 그리고 약간 길게

2성은 올라갈 수 있을 때까지 끝까지 밀어붙이기

3성은 바닥을 칠 때까지 내려갔다가 꺾어서 올라오기

4성은 높은 곳에서 바닥으로 내리꽂기

중국어 한자음을 알파벳으로 표기하는 한어병음은 우리가 알고 있는 알파벳의 음가와 다르다는 것은 알고 있었지만, 이해가 잘 안 됐다. 특히 알파벳 자음 뒤에 붙은 i를 보면 무조건 '이' 모음으로 발음하는 습관이 있는 나로서는 '으'로 발음해야 하는 규칙이 그저 수상쩍기만 했다.

'이해가 안 되면 그냥 무조건 외우라'를 만트라mantra(진리의 말)로 삼는 나로서는 이해하느라 골머리를 앓는 대신 가르침을 그대로 외우는 쪽을 선호한다. 그래서 zhi, chi, shi와 zi, ci, si에 붙어 있는 i 는 '으'로 발음하고, ji, qi, xi는 '지,

치, 시'로 무작정 외웠다. 그러고는 얼마 지나지 않아 내 딴에 머리를 굴려서 내 나름대로 이해해봤다. 우리말의 대표 모음이라고 할 수 있는 '아 에 이 오 우'를 발음할 때 입술이 벌어지는 모습을 보면 '이'를 발음할 때 입술이 양옆으로 당겨지면서 가장 길게 벌어진다. 그런데 혀를 말아야 하는 권설음 zh-, ch-, sh-를 '이' 모음과 함께 소리를 낼 때는 입술이 많이 벌어지지 않는다. 양 옆으로 많이 벌린 상태로는 권설음을 제대로 낼 수 없기 때문이다. 그래서 '으' 소리처럼 들리게 된다. 혀가 치아 쪽으로 거의 닿다시피 하는 z-, c-, s- 를 '이' 모음과 함께 발음하면 입술이 많이 벌어지지 않으므로 역시 '으'에 가까운 소리가 난다. 혀의 한복판에서 소리를 내는 j-, q-, x-와 '이' 모음을 발음할 때만 우리말의 '이' 모음과 가까운 소리가 난다. 중국어 음성학에 관해서 숫자 1도 모르면서 나 스스로를 납득시키기 위해 생각해본 나만의 학습법이다.

소담 라오스의 가르침에 힘입어 회화 위주로 공부하면서 한 달에 한 번 특별한 프로그램도 만들었다. 중국차를 배우는 수업도 진행하고, 우리가 익히 알던 유명 중국 시인의 한시를 중국어로 낭독하는 시간도 가졌다. 그렇게 시간은 흐르고 졸업반이던 소담 라오스가 원하던 기업에 입사했다. 중국

어 수업도 이렇게 끝나는구나 싶던 순간, 소담 라오스의 소개로 이번에는 같은 학교 남학생인 듬직한 준섭 라오스가 우리 앞에 나타났다. 이름에서 얼핏 일본소설 원작 영화인 〈냉정과 열정 사이冷静と情熱のあいだ〉의 주인공 준세이가 연상돼 우리는 그를 '준세이 라오스'라고 불렀다.

준세이 라오스는 우리에게 화장실에서 사용하는 중국어, 싸울 때 사용하는 중국어 등을 알려줬고, 영화 〈말할 수 없는 비밀不能說的秘密〉로 우리에게 유명해진 대만의 인기 스타 주걸륜周杰倫의 노래 〈안징安静〉도 가르쳐줬다.

그런데 준세이 라오스마저 유명한 대기업에 너무도 일찍 취업이 되는 바람에 결국 작업실에서의 중국어 수업은 조기 종료됐다. 두 명의 라오스 모두가 원하는 기업에 취직을 했으니, 우리 스터디는 아마도 무척 실력 있는 '취업사관학교'인가 보다 위안을 삼으며 슬픔을 달래야만 했다.

나는 중국어 스터디가 끝나기 전에 방송대 중어중문학과에 편입을 했다. 용산도서관에서 근무를 할 때라 그 근처의 '아베크엘'이라는 카페를 자주 이용했다. 직원 식당에서 식사하기 싫은 날은 그곳에서 점심을 해결하며 책을 읽거나 과제물 작성을 하곤 했다. 어느 날인가는 중국어의 어떤 문장이 틀린 것이며, 어디가 틀렸는지를 찾아내야 하는 문제와 씨름을 하고 있었는데, 옆 테이블의 남성이 중국어로 통화하는 소리가 들렸다. 작은 카페였기에 내 뒤에 들어온 그가 한국어로 주문하는 걸 본 듯도 했는데 중국어를 엄청 잘하는 것 같았다. 그에게 잠시 나의 중국어 교사 지위를 부여해 주고 싶었다. 그런데 여기는 여행지가 아니라는 생각에 빠르게 단념하고는 머리를 쥐어뜯으며 문제의 페이지를 뚫어져라 쳐다보고 있었다.

그때 내가 일찌감치 먹어 치운 케이크 접시의 포크가 바닥으로 떨어졌다. 1인용 좁은 테이블 위에 책과 공책을 어지럽게 늘어놓은 상태에서 고뇌하는 자세로 엎드리다시피 글을 베껴 적던 와중에 일어난 일이었다. 내가 몸을 일으켜 세우기도 전에 그의 동작이 한발 앞섰다. 아, 이런 매너남이라니. 그가 주워서 내미는 포크를 바라보며 내 입에서 물 흐르듯 자신 있게 흘러 나온 "셰셰"라는 말 한마디에 게임 끝! 이런 기회를 놓칠세라 그에게 '과제물 들이밀기'를 시전했다. 내게는 너무도 어려웠던 문제를 그가 일사천리로 해결해줬음은 물론, 자신이 비록 이공계 엔지니어지만 공부하다 모르는 문제가 생기면 언제든 또 물어보라며 전화번호도 줬다.

내가 근처 도서관 사서라고 신분을 밝혀 안심을 했는지 자신이 이곳 동네 주민이며, 국내 굴지의 모 기업체에서 일하는 중국인이라는 사실도 말해줬다. 점심시간이 거의 끝나 업무에 복귀할 시간이어서 곧 헤어졌지만, 든든한 후원자를 알게 되었기에 그날은 퇴근할 때까지 산뜻한 마음으로 근무할 수 있었다.

방송대 중문과에서 공부를 하면서 매학기 중간고사까지는 우수한 성적을 유지했다. 출석 수업은 성실하게 출석해서 수업을 들으면 되고, 리포트는 과제물 작성 지시에 따라 깔끔하고 가능한 한 창의적으로 써서 제출하면 되므로 크게 어렵지 않았기 때문이다. 하지만 기말고사는 차원이 달랐다. 방송대의 기말고사는 사지선다형 객관식으로, 정확한 답을 고르지 못하면 공부한 게 몽땅 물거품이 된다. 제대로 공부하지 않은 문제는 여지없이 틀리므로 시험을 볼 때 해당 범위를 꼼꼼하게 공부해야 하는 것이다. 시험 전날까지 공부를 미루고 미루다 시간이 부족해서 설렁설렁 시험 준비를 했던 중국어 문법 과목은 간신히 D학점을 받아서 낙제를 모면했다. 100점 만점에 60점을 받았던 것. 만일 1점이 부족해서 59점을 받았다면 F학점이 나왔을 거고, 그 한 과목 때문에 학점이 부족해서 한 학기를 더 다녀야 할 뻔했다. 1점 때문에 낙제를 경험할 뻔했던 기억을 교훈 삼아 일본학과를 다닐 때는 아예 일본어 문법 과목은 수강 신청을 하지 않았다. 문법의 최강자가 되고 싶은 마음은 굴뚝같지만, 문법책 하나를 처음부터 끝까지 완독할 마음은 없다. 모르는 문제가 있거나, 해독이 안 되는 문장을 만날 때 필요한 부분만 공부하는 것이 내게 적합한 공부법이라는 것을 잘 아니까.

유튜브로 중국 드라마 〈환락송欢乐颂〉 시즌 1을 보다가 통으로 된 문장을 알아듣게 되던 순간의 성취감은 잊을 수가 없다! 드라마 〈환락송〉은 베토벤Ludwig van Beethoven의 〈환희의 송가An die Freude〉라는 이름을 그대로 쓰는 아파트 단지를 배경으로 한다. '환락'이란 단어를 보고 수상쩍은 생각은 하지 마시라. 상하이를 배경으로 다섯 명의 여자들이 주인공으로 등장하는 평범한 로맨틱 코미디다. 〈삼생삼세 십리도화三生三世十里桃花〉같이 주인공들이 옛날 의상을 입는 고장극 드라마도 즐겨 보지만, 중국 고전의 세계관이 복잡해서 현대물을 더 즐겨 본다. 현대물 드라마는 대사가 많고 발화 속도가 엄청 빨라, 나 같은 사람들은 자막을 제대로 읽으려면 화면을 정지해야 한다. 하지만 유행어, 신조어 등을 비롯한 일상어가 나와 중국의 문화에 민감해질 수 있다. 예컨대 신체 비율이 월등한 꽃미모 남주가 귀여운 여주의 머리를 쓰담쓰담 하면서 목소리를 낮춰 "사과傻瓜[shǎguā]" "번단笨蛋[bèndàn]"이라고 말하는 것을 들을 수 있게 된다(두 단어 모두 '바보'라는 뜻이다). 이런 말은 왜 이렇게 잘 알아듣는지.

모든 중국 영화나 드라마는 한자로 된 자막을 내보낸다. 다수 민족인 한족과 쉰다섯 개의 소수민족으로 이루어진 중국에는 다른 지역의 사람들이 서로의 말을 잘 알아듣지 못할 정도로 사투리가 많아서다. 표준어를 널리 알리고 문맹률을 낮추는 것 역시 또 다른 이유이기도 하다. 윈난성云南省(운남성)에 다큐멘터리를 촬영하러 갔던 어느 영화 감독은 같은 윈난성 안에서도 남부와 북부의 나이 든 출연자들 사이에 소통이 어려워 통역이 필요했다고 한다.

덕분에 나는 중국 드라마를 볼 때 화면을 보면서 단어를 줍는다. 컴퓨터 프로그래머가 주인공인 청춘드라마 〈정서원나요가애程序員那麼可愛〉(프로그래머가 어쩜 이렇게 귀여울까)를 실컷 보고 나서 결국에는 제목에 나오는 정서원程序員[chéngxùyuán](프로그래머)이라는 단어 하나 건졌다며 좋아하는 식이다. 24회차인 이 드라마의 편당 방영 시간은 45분이므로, 전체 드라마를 보려면 장장 열여덟 시간이 소요된다. 단어 하나 주운 걸로 만족하기에는 엄청 비효율적으로 보이겠지만, 나는 이런 게 꽤 남는 장사인 것 같다는 생각을 멈출 수가 없다.

어쩌다 간단한 문장을 제대로 다 알아듣는 '운수 좋은 날'도 있다. 하지만 중국 드라마를 중국어 자막으로 보던 초기에는 예닐곱 개의 한자로 된 문장들만 간신히 내 시신경을 통과했고, 그 뒤의 한자들에 눈길도 닿기 전에 다음 자막으로 넘어가버렸다. 그래서 중국어를 읽는 속도가 느리던 때에는 한동안 자막의 앞부분에 나오는 대여섯 개의 한자만 읽는 걸로 아예 방침을 정했다. 안 그러면 전체 자막을 읽으려고 우물쭈물하는 사이에 맨 처음 나오는 한자도 제대로 읽지 못하기 때문이다.

스트리밍 사이트에서 구할 수 없는 중국 영화나 드라마를 유튜브를 통해서 시청할 경우에는 영어 자막이 나오도록 설정할 수도 있다. 하지만 화면에 두 줄의 자막이 겹쳐서 보이기도 하고, 자막 내용이 길어지면 두 자막 중 어느 것도 제대로 읽을 수 없게 되니 그냥 중국어 자막만 보는 걸로 결심했다. 중국어 자막을 읽는 일이 어느 정도 눈에 익은 지금은 기다란 대사가 나와도 문장 전체가 한눈에 들어오기는 한다. 그래도 정확한 뜻을 잡아내서 이해하는 건 아직 어렵다. 화면을 보고 분위기로 줄거리를 꿰어 맞추는 수밖에 없다. 사건의 디테일이 궁금하지만 어쩌랴.

여담이지만 홍콩영화가 대세였던 시절에는 중국 영화라고 하면 거의 홍콩영화를 일컬었다. 그래서 그 영화들에 등장하는 광둥어가 당연히 유일한 중국어일 거라고 생각했던 적이 있다. 알고 보니 광둥어는 광둥 지방을 비롯한 일부 지역에서 사용하는 언어여서, 현재의 젊은 중국인에게는 광둥어가 외국어나 마찬가지라고 한다. 그러고 보니 홍콩에서 영화를 보다가 영어 자막과 중국어 자막 두 가지를 동시에 읽느라 엄청 바빴던 기억이 난다. 결국은 중국어에 비해 상대적으로 좀 더 수월하게 읽을 수 있는 영어 자막으로 감상했지만.

이렇게 해서 어느 세월에 중국어 실력이 늘겠냐고 반문하는 사람이 있을 수도 있겠다. 주한중국문화원의 진급 시험에서 나는 이백李白과 더불어 당나라의 뛰어난 시인으로 꼽히는 두보杜甫의 오언율시五言律詩 〈춘야희우春夜喜雨〉를 읊어 중국인 선생에게 칭찬을 받은 적이 있다. 두보의 춘야희우는 '좋은 비는 시절을 알아 봄이 되니 내리네'로 시작하는데 워낙 유명해서 교육을 받은 중국인이라면 누구나 몇 구절은 기억하는 시라고 한다. 그렇다. 최근 전 세계 인기몰이에 성공한 넷플릭스의 오리지널 한국 드라마 〈오징어 게임〉에 나온 그 시다. 최후의 잔인한 게임이 벌어질 때, 그 게임을 관람하던 한 VIP가 중국어로 읊는 시가 춘야희우의 첫 구절인 '호우지시절好雨知時節'이다. 주한중국문화원 진급 시험에서는 강사가 읽으라고 펼쳐주는 교재의 한 페이지를 읽기만 하면 되는데, 그 페이지에는 병음과 성조가 전혀 표기되지 않은 한문만 가득하다. 사실 더듬거리며 읽고 나서 그것을 만회할 목적으로, 아니 노력하는 모습을 보여주기 위해 별도로 40자의 시를 중국어로 외워 읊었는데, 제대로 선생을 감동시켰다.

방송대 중문과도 무사히 졸업했다. 열심히 공부하지 않은 관계로 지금도 온전히 기억하는 문법은 과거에 일어난 어떤 일이나, 말하는 이의 태도 및 견해 등을 강조하고 싶을 때 사용하는 是 ~ 的 용법이 유일하다. 자신 있게 할 수 있는 말이라고는 회화 입문 교재 첫 번째 챕터에 나오는 '니 쟈오 션머 밍쯔你叫什么名字[nǐ jiào shénme míngzi](당신의 이름은 무엇입니까)?'를 비롯한 문장 몇 개, 드라마에서 주워듣긴 했으나 써먹을 일 없는 '워 용위안 아이니我永遠愛你[wǒ yǒngyuǎn ài nǐ](나는 영원히 너를 사랑해)' 같은 것밖에 없다. 독일어를 배운

다음에 기억나는 게 '이히 리베 디히Ich liebe dich(그대를 사랑해)'밖에 없는 것과 비슷한 상황이다.

그래도 이제는 느리게 원서를 읽고 있다. 처음에는 네모난 한자로 꽉 들어찬 책을 보면 숨이 차오르는 느낌이었다. 지금은 원서를 읽다가 모르는 단어가 나오면 시제를 구분하고 앞뒤 맥락에 맞춰 뜻을 짐작하는 것이 가능해졌다. 시간은 좀 많이 걸려도 한자를 하나하나 분리해서 잘 닦고 조이고 기름을 쳐서 우리말로 바꾸는 재미를 알아가는 중이다.

사람이란 모름지기 너무 공부만 열심히 하면 못 쓰는 법. 오늘 못 배우면 다음 주에 또 배우면 된다는 느긋한 마음으로 임하는 게 정신건강에 좋다. 더도 덜도 말고 일주일에 한 방울씩 가랑비를 맞다 보면 시간은 눈 깜짝할 새 지나가고, 실력은 저 먼발치에 차곡차곡 쌓이기 마련이다. 그래도 내년쯤에는 HSK(외국인을 위한 중국어 시험)를 한번 봐야 할 텐데.

문법은 몰라도 성조는 알아야 한다

짧은 단어 실력에 성조라고는 제대로 들어맞는 게 하나도 없는 문장은 아무리 명석한 원어민이라 해도 당연히 알아들을 수가 없다. 처음에는 단어를 많이 익혀 긴 문장으로 말하는 게 유리한 줄 알았다. 하지만 모바일 사전과 번역기로 중국어 문장을 미리 준비해서 외워뒀다가 한 단어라도 성조를 틀리게 말하면, 그 단어만 다시금 되묻는 사람들이 많았다. 길에서 나를 만나는 바람에 고생한 중국과 대만 사람들에게 감사를!

한번은 우연히 길에서 한국어를 잘하는 중국인 지인을 만났다. 전혀 마주칠 거라곤 생각도 못 한 곳에서 만나 너무 반갑고 놀랍다는 말을 우리말로 주고받았다. 오랜만에 만났으니 차라도 한잔 마시자는 이야기 끝에 얼마 전에 배운 짧은 중국어 문장을 한번 써먹었다. 내가 중국어를 배운다는 걸 알던 친구여서 공부한 티를 좀 내고 싶었는데, 전체 문장은 기억나지 않고 딱 네 글자만 생각이 났다. "타이 난더 러太难得了[tài nándé le](매우 드문 경우나 얻기 힘든 기회 등의 경우에 사용하는 말)." 그랬더니 그 친구가 내가 말한 건 난더男的[nánde](남자의 또는 남자의 것이라는 뜻)였다며 성조를 바로잡아 주었다. 난难과 더得 모두 2성으로 말해야 하는데, 내가 더得의 성조를 슬쩍 없애고 경성(성조가 없는 한자. 중간 정도의 높이에서 짧고 가볍게, 툭 떨어뜨리듯 읽는다)으로 발음해버린 모양이었다. 물론 그는 맥락상 내가 무슨 단어를 말하고 있는지 잘 알아들은 상태였고, 보통의 대화에서는 이때의 더得를 경성으로 말하기도 하지만, 나를 위해 일부러 성조의 중요성을 일깨워주고자 그랬던 것 같다. 덕분에 그 단어의 성조는 지금도 정확히 기억한다.

유교철학 입문을 수강하던 40여 년 전에는 나중에 내가 중국어를 배우게 될 줄 정말 생각지도 못했다. 이제 중국어에 대해 좀 알게 되니 당시에는 잘 이해할 수 없어서 무조건 암기하고 넘어갔던 내용에 새삼 눈을 뜨게 된 것도 있다. 가령 공자가 제자들과 나눈 말을 기록한 책 《논어論語》의 첫 번째 글자인 論(조리 윤, 논할 론)은 2성으로 읽는다. 현대 중국어 사전에도 그렇게 표시하고 있다. 그런데 4성으로 읽어야 한다는 주장도 있다는 이야기를 수업 시간에 들었던 기억이 어슴프레 떠오르면서, 그렇게 두 가지 성조로 달리 읽을 때 의미에 차이가 있는 이유를 이제야 명확하게 깨닫게 되었다. 論을 2성으로 읽을 때는 조리가 있다는 뜻이니, 《논어》를 '조리가 있게 말을 서술한 것'으로 해석할 수 있는데, 4성으로 읽게 되면 《논어》는 제자들이 서로 필기한 내용을 대조하고 토론과 논쟁을 거쳐 묶어낸 책이라는 의미가 된다. 대만의 대표 인문학자 양자오楊照의 《논어를 읽다論語》에서는 4성으로 읽는 것이 2성으로 읽는 것보다 좀 더 합리적인 듯하다고 했다. 대화록인 《논어》는 토론 과정의 단편들로 이뤄진 것이니 '조리있게 서술된 말'로 규정짓게 되면 《논어》의 특성을 놓치게 될 수도 있다는 이유에서다.

그러니 짧은 문장을 구사해도 좋으니 성조에 유의하자. 길 한복판에서 모르는 사람을 붙잡고 어떤 성조가 맞는지 몰라 한 글자마다 성조 네 개를 모조리 시도할 수는 없지 않은가.

중국어 공부를 1년 내내 열심히 하는 건 아니지만, 일주일에 한 번 성조를 한 글자 한 글자 주의하면서 원서를 소리 내 읽었더니 점차 성조를 기억하는 단어의 수가 늘어났다. 같은 한자라도 뜻을 달리할 때는 성조가 달라지므로, 모바일 사전을 찾을 때마다 확인하고 발음 버튼도 눌러보는 습관을 들였다. 다른 글자와 결합할 때는 원래의 성조를 내려놓고 경성으로 발음하거나 성조가 바뀌는 경우도 많으므로, 아는 글자가 나와도 매번 확인했다. 중국어는 같은 한자를 반복(妈妈, 爸爸, 姐姐, 妹妹 등의 두 번째 글자)해서 사용하거나, 본연의 의미가 약해지고 역할만 남을 때(孩子, 儿子, 椅子 등의 子) 경성으로 발음한다. 이 밖에도 3성의 한자들은 문장 속에서 다른 글자와 있을 때 뒤에 오는 글자에 따라 반3성으로 발음한다. 3성의 한자가 단독으로 사용되거나, 마지막에 오지 않는 한 대개 반3성으로 발음하며, 원어민들의 발음을 들어보면 마지막에 위치한 3성 한자는 거의 꼬리를 자르듯 반3성으로 발음하는 경우가 많았다. 一(한 일)은 원래 성조가 1성이지만 단독으로 사용하거나 서수일 경우 외에는 뒤에 오는 글자에 따라 성조를 달리 발음한다. 4성이나 경성이 오면 2성으로, 1·2·3성의 단어가 오면 4성으로 발음하는 것이다. 不(아닐 부·불) 역시 원래 성조는 4성이지만 뒤에 동일한 4성의 한자가 오면 2성으로 바뀐다. 이 중요한 내용들을 처음 중국어를 공부할 때 귀담아듣지 않았으나 이제는 제법 잘 기억하고 있다.

중국인과 대화할 때 또 중요한 점이 있다. 그들이 하는 이야기를 알아들어야 한다. 스마트폰이 보급되기 전, 종이 지도를 들고 떠난 해외여행에서 혼자 영화를 보려고 길을 나섰다가 영화관 근처에도 가보지 못하고 돌아온 적이 있다. 아무런 사전 조사 없이 나섰던 길이어서 지하철역 근처에 서 있다가 지나가는 아저씨에게 무작정 길을 물었는데, 너무 길게 대답해주는 바람에 설명을 듣던 도중에 이미 영화 보기는 글렀다는 느낌이 왔다. 공연히 그 아저씨가 원망스러웠다. 물론 내게 영화를 보러 갈 정도의 이해력이 있다고 짐작해서 그런 거겠지만 지하철을 타고 무슨무슨 역에서 내리면 된다, 이 정도만 말해줬다면 어찌어찌 영화관 근처에라도 가볼 수 있었을 텐데. 현지인이 주르륵 서너 문장을 한꺼번에 말할 때 듣기 능력이 안 되면 어정쩡한 보디랭귀지의 추억만 남는다는 걸 온몸으로 깨우친 날이었다.

8°

어쩌다 덕업 일치

✐

나는 왜 몇 년씩 공부해도 입이 안 떨어지는 일본어와 중국어를 계속 공부하는 것일까? 그리고 어쩌다가 번역가가 된 것일까? 가슴에 손을 얹고 생각해봤더니 모두 다 책 때문이다.

내가 싫증 내지 않고 끈질기게 붙잡고 있는 유일한 문화 활동은 책과 영화다. 그중 책은 손닿는 곳에 없으면 그 즉시 풀이 죽고 정신이 혼미해진다. 외출할 때 가장 먼저 챙기는 게 책인데, 읽고 있던 책 한 권은 물론이요, 여분의 책을 하나 더, 거기다 두 번째 책도 밖에서 다 읽어버릴까 봐 한 권을 더해 도합 세 권의 책을 늘 가방에 넣고 나간다. 혹 얇은 책들만 가지고 나갔다가 역시 읽을거리가 사라지는 난관에 봉착하게 될까 싶어서 한 권 정도는 제법 두께가 있는 책을 고르는 용의주도한 설정도 마다하지 않는다. 아이패드나 스마트폰으로 책을 읽기도 하지만, 종이책만 한 즐거움을 주지 못하므로 전자책으로만 출간한 경우 외에는 무조건 종이책을 팔랑팔랑 넘기며 읽는다.

나는 읽기에 편하고 마음에 드는 책만 골라 읽는다. 읽다가 흥미를 잃으면 바로 내려놓고 다른 책을 손에 쥔다. 어쩌다 집안에 한국어로 된 읽을거리가 없으면 할 수 없이 서가 한 귀퉁이에 쌓인 영어 페이퍼백이라도 읽어야 한다. 읽고 싶은 외국 작가의 책이 출간됐다는 소식을 접해도 번역서가 나오려면 적어도 몇 달은 기다려야 하는데, 그 책에 관한 호기심이 하늘을 찌를 정도로 충만해지면 결국은 원서를 주문해서 읽는다.

그렇다고 영어 실력이 출중하다고는 못 하겠다. 영어 공부라고는 중고교 수업시간에 대충 듣고 시험기간에 복습하면서 배운 것이 전부니, 독해 실력은 보나마나 의심할 여지도 없이 시원찮은 수준임에 틀림이 없다. 영어회화 실력 또한 길 가다 외국인이 말을 걸면 피할 정도까지는 아니지만, 가까이에 한국 사람이 있으면 가능한 한 소극적인 응대로 짧게 말을 끝내는 스타일을 고수하는 편이다.

하지만 원서를 끝까지 읽어내는 게 내게는 생각만큼 어려운 일이 아니다. 성격이 급해서 영어로 된 책 읽는 속도도 초고속이며, 관심이 가지 않거나 흥미 없는 부분은 듬성듬성 건너뛰며 읽기 때문이다. 어려워 보이는 책은 아예 원서로 읽을 생각조차 안 한다. 오로지 재미있어 보이는 소설책이나 동화책만 읽는다.

원서를 끝까지 읽어내는 나만의 기술이 하나 더 있으니, 그건 바로 모르는 단어가 나와도 모르는 척 외면하는 것이다. 별 이유는 없고 단지 책 읽다가 사전 찾기가 귀찮기 때문이다. 궁금해서 죽을 정도로 그 단어의 뜻을 알고 싶다면 사전을 찾아야겠으나, 내가 경험한 바로는 모르는 단어가 있다고 책의 첫머리부터 사전을 찾아 읽다가는 서너 페이지도 못 넘기고 책을 내려놓게 된다. 어휘력이 부족한 상태로 원서를 읽으면 지루할 수도 있는데, 여기에 사전까지 들춰보면 흐름이 끊겨 독서에 집중할 수 없기 때문이다. 헌책방으로 나와 앉은 영어 원서들의 대부분이 앞 페이지에만 읽은 흔적이 남아 있는 걸 보면 내 짐작이 틀림없는 것 같다.

사전을 찾지 않고 읽으면 읽는 속도도 빨라지고, 어지간히 재미없는 책이 아니면 완독할 확률도 높아진다. 모르는 단어가 다시 등장하더라도 굳세게 손을 내리누르고 참아보자. 앞뒤 문장의 맥락을 따라가다 보면 어느 정도 의미를 추측해볼 수 있다. 정확한 의미를 알고자 하는 마음은 비우는 게 원서를 읽는 요령이다. 너무 궁금하면 살짝 단어를 찾아볼 수도 있지만, 처음 보는 단어라고 무작정 찾을 게 아니라 예전에도 사전을 뒤적거렸는데 의미가 기억나지 않는 단어만 찾아보자.

이렇게 짤따란 영어 실력으로도 제법 재미있게 읽은 책들이 있다. 뒷이야기가 궁금해서 사전도 찾지 않고 주욱 읽어 내려가는 책들 말이다. 이런 원서들은 주변에 소개하고 싶은데 몇 년이 지나도 번역서가 안 나오면 안타깝기 그지없다. 심지어 기록을 해두고 계속 그 책의 번역본이 나오는지 챙기는 버릇도 생겼다. 매사 치밀하지 못한 태도로 임하는 내게도 책에 관한 한 가끔씩은 이렇게 집요한 면모가 있다. 그래서일까. 어쩌다 번역가가 된 것이.

번역가가 될 수 있었던 기회는 뭔가 배우는 걸 계속해나가는 평소의 습관을 유지하다가 우연히 찾아왔다. 나의 두뇌에는 모자라는 지능을 보완하기 위한 레이더라도 탑재됐는지, 새로운 인물들이 등장할 때마다 뭔가 보고 배울 점이 없는지 탐지하기 시작한다. 책을 좋아하는 사람들은 서로를 알아보는 법. 내 주변에는 책을 사랑하는 사람들, 책을 많이 읽는 사람들, 책과 관련한 일을 직업으로 삼은 사람들이 참으로 많다. 도서관 업무상 책 읽는 모임을 지도해야 하는 일이 많아 사적으로는 책모임에 참여할 생각은 없었는데, 어쩌다 보니 오랜 시간 역사와 전통을 이어온 인문학 독서모임에 들어가게 되었다. 그리고 그곳에서 번역가인 독서모임 멤버가 한겨레문화센터에 번역가 양성 과정이 있다는 정보를 전해줬다.

그때 내가 떠올린 첫 번째 생각은 '영어를 한국어로 옮기는 방법을 가르쳐주는 곳이 있군!'이었다. 두 번째 생각은 '단순히 독해만 하는 차원을 넘어, 가독성 있는 우리말 문장으로 옮기는 법을 배우면 이거야말로 영어완전정복 아니겠나?'였다. 세 번째 생각은 의심이었다. '주 1회 3개월 과정을 마치고 번역가가 될 수 있다면 세상에 번역가 아닌 사람이 없게?' 당시에는 도서관 사서라는 내 일을 좋아했기에, 다른 직종의 일을 해보고 싶다는 생각은 해본 적이 없었다. 그래서 나는 번역은 열심히 공부하게 될 다른 사람들에게 떠맡기고 영어 공부나 좀 해보겠다는 마음으로 3개월간의 수업을 들었다.

우리나라 최고의 번역가 중 한 분인 강주헌 선생의 수업은 정말 흥미진진했고, 영어 공부에 확실한 도움이 됐다. 게다가 자신이 가르치는 수강생들이 실제 번역가로 데뷔할 수 있도록 계속 지도해주는 선생의 인품이 멋져서, 퇴근 후에 이어지는 야간 과정 수업을 한 번도 빠지지 않고 꼬박꼬박 들었다. 가방 들고 학교 왔다 갔다 하는 건 원래 잘하는 성격이니까. 그러면서도 과제물은 제출하지 않았다. 매주 수업 시간마다 주어지는 번역 과제물을 작성해서 제출하면 첨삭 지도를 받을 수 있었는데, 나는 애초에 번역가가 될 수 있을 거라는 생각은 해본 적도 없었기 때문에 과제는 자율에 맡긴다는 원칙에 충실히 따랐다.

한겨레문화센터의 번역가 양성 과정을 마치고 3년쯤 지났을 무렵, 수강생들의 과제물 제출을 위해 운영하는 온라인 사이트에 번역가 양성 과정 수강생들을 위한 '홈커밍데이'를 준비한다는 공지가 떴다. 함께 공부했던 친구들 얼굴도 볼 겸, 선생의 가르침에 감사드리는 마음으로 참석을 했다. 그리고 운 좋게도 선생 바로 옆자리에 앉게 됐다. 자리 운이 좋아서인지, 이때 나를 위해 우연이 기회를 부여해주는 또 다른 자리가 마련됐다. 내 옆에 선생이 직접 운영하는 저작권 에이전시 직원인 L이 앉아 있었던 것이다. 처음 보는 얼굴이었지만 선생의 제자라는 공통점과 번역 업무에 관한 나의 흥미 때문에 이야기가 끊이지 않았다. 헤어질 무렵에는 번역해보고 싶었던 책의 번역 기획서를 작성해주면, 저작권 에이전시의 출판사 메일링 리스트에 올려주겠다는 제안까지 받았다.

어쩌다 그렇게 됐느냐고? 대충 이런 이야기를 나눴기 때문이다.

> "몇 년 전에 아주 괜찮은 영어 소설을 한 권 읽었어요. 대충 읽어서 번역서로 나오면 다시 읽으려고 기다리는 중인데 몇 년째 출간 소식이 없네요. 아마존에서 보니 출간 10주년 기념으로 표지를 바꿔서 또 찍었던데."
> "어떤 책인지 제목을 알려주시면 저작권 상황을 알아보고, 아직 국내 출판사에 계약돼 있지 않은 책이면 출판 번역 기획서를 써주시죠. 우리 저작권 에이전시에서 출판사를 찾아봐드리겠습니다."
> "번역 기획서라고는 한 번도 써본 경험이 없어서……."
> "샘플을 이메일로 보내드릴 테니 참조해서 써보시면 될 겁니다. 통일된 양식이 있는 게 아니거든요. 소개하고 싶은 책의 장점과 매력을 충분히 드러내보세요. 단 서평이

나 리뷰와는 달라야 합니다. 출판사에서 그 책을 출판하면 좋겠다는 생각이 들도록 객관적인 자료를 충분히 제시하는 게 좋습니다."

이렇게 해서 번역가가 되어보겠다는 꿈은 꿔본 적도 없는 사람이 번역을 하게 되었다. 처음 번역한 책은 《The Girls' Guide to Hunting and Fishing》이라는 소설이었다. 한국에서는 《서툰 서른 살》이라는 제목을 달고 나왔다. 출판사 편집자가 된 젊은 여성의 삶, 취향, 사랑을 다룬 소설로, 내용이 결코 가볍지는 않다. 하지만 할리우드에서 영화로 만들어질 정도로 출간 당시 영미권에서 관심을 끌었던 작품이었다. 번역서가 출간되기 3년 전, 우리나라에서 개봉할 때 수입사에서 붙인 영화 제목은 〈내 남자는 바람둥이Suburban Girl〉였다.

두 번째 번역서는 대학원 전공인 상담교육학에서 공부한 내용을 복습할 겸 《청소년은 왜 그렇게 행동할까Relating to Adolescents》라는 책을 골랐다. 이번에는 직접 기획서를 쓰는 대신 대학원 은사께 적당한 출판사를 소개해주십사 부탁드리는 과정을 거쳐 책이 나왔다. 그리고 세 번째, 네 번째 번역서가 이어졌다.

사서로 일할 때 번역 의뢰가 들어오면 낮에는 직장을 다니며 퇴근 후부터 한밤중까지 번역을 하는 '주경야번가'로 지냈다. 늘 한밤중에 깨어 있기를 즐겼던 체질이고, 수면시간이 다른 이들보다 짧아서 큰 어려움은 없었다. 내게 도착한 영어를 한국어로 배달하기 위해서 헤매고 삽질하는 시간이 즐겁고 소중하기만 했으니까. 외국어 실력도 중요하고, 이해한 내용을 잘 정돈된 우리말로 옮기는 기술도 필요했기에 번역이 좋다는 평을 듣는 책이 있으면 찾아 읽느라 독서 시간이 더 늘어난 것도 같다. 그렇다. 번역가란 생래적으로 지독하게 독서와 연결된 삶을 살아갈 수밖에 없는 사람들이었던 것이다. 결국 번역가는 나의 운명이었다.

그리고 이제는 번역을 하고 북토크까지 하는 번역가가 됐다. 헬레인 한프Helene Hanff의 《채링크로스 84번지84 Charing Cross Road》의 후속 작품인 《마침내 런던The Duchess of Bloomsbury Street》을 번역한 다음, 출간되는 시점에 맞춰서 나의 단골 서점인 '번역가의 서재'에서 북토크를 했다. 번역서만 다루는 서점이므로 다른 서점에서의 북토크와는 조금 다른 방식을 시도해 보고 싶어 내가 서점 측에 제안한 프로그램은 '원서 낭독회'! 작품의 첫 챕터를 참가자들과 함께 낭독하면서 책에 대한 이야기를 나누면 어떤 맛이 날까 궁금했고, 영어로 책을 낭독하는 즐거움을 독자들과 나누고 싶었기 때문이다. 영어 발음에 자신이 있어서 그런 건 절대 아니고, 번역서를 옆에 두고 원서를 읽으면 평소에 영어를 입에 올리지 않았던 사람들도 부담스럽지 않게 낭독할 수 있을 것 같았다. 내가 번역한 내용을 원전과 비교해서 읽다가 눈 밝은 독자들 앞에서 가혹한 시련을 겪게 될지도 모르지만 진행해보고 싶었다.

번역가 혼자 원서를 낭독하는 모임으로 생각하고 온 참가자들에게 직접 낭독을 부탁했을 때, 처음에는 당황하는 분위기였다. 하지만 한 사람씩 돌아가면서 침착하게 모두 원서 낭독을 마쳤고 결과는 대성공이었다. 예상보다 많은 인원이 모여서 원서가 모자라는 바람에 두 명씩 머리를 맞대고 읽느라 강제로 사이좋은 장면도 연출됐고, 참가자들은 오랜만에 영어 문장을 소리 내어 읽어볼 수 있어서 신선한 경험이었다고 입을 모았다.

다음에는 또 어떤 북토크를 해볼까? 그리고 또 어떤 책을 소개해볼까? 아무래도 나는 운명을 개척하지 않고 순응하면서도 삶의 재미를 누릴 수 있는 행운아인 것 같다.

1. 초보 번역가의 번역료는 얼마일까?

번역을 의뢰받을 때는 보통 인세나 매절계약 또는 인세와 매절을 적절히 아우르는 내용으로 계약을 하게 된다. 이때 인세는 판매되는 부수에 비례하는 금액을 지속적으로 받는 계약이고, 매절은 저작권을 출판사에 넘기는 조건으로 한 번에 번역료를 받는 계약을 일컫는다. 번역가의 이름이 크게 알려져 있다거나 특수한 경우의 책이 아니라면 매절로 계약하는 경우가 많다.

매절로 계약할 경우, 경력이 많지 않은 번역가는 200자 원고지 기준으로 1매당 2,500~3,000원을 받는다. 꾸준히 번역을 지속할 경우, 보통 5년마다 번역료가 500원씩 인상된다고 한다(내가 조사한 것은 아니고 김우열 번역가의 책 《나도 번역 한번 해볼까?》에서 발견한 내용이다). 일본어 번역료는 그보다 조금 낮다고 들었다. 물론 언어를 불문하고 실력을 인정받는 유명한 번역가가 되면 이야기가 달라진다.

나의 첫 번역료는 3,300원이었다. 최대한 번역가를 존중해주는 멋진 출판사를 만난 덕분에 초짜 번역가지만 많은 배려를 받았다. 번역료 지급 기준은 출판사별로 그리고 책의 특성에 따라 조금씩 차이가 있다. 두 번째 책은 3,500원, 다음 책부터는 4,000원을 받게 되었다. 번역료가 매당 4,000원이 되고 나면 번역료를 더 올리기 쉽지 않다는데, 지금은 그보다 조금 더 높은 번역료를 받는다. 가장 최근의 번역서는 매당 5,000원에 계약했다.

2. 번역가를 꿈꾸는 사람들에게 추천하는 책

최근에는 번역가를 꿈꾸는 사람들에게 유용한 책이 분야별로 많이 출간되었다. 출판 번역·기술 번역·영상 번역 분야에서 활동하는 프리랜서 번역가들이 집필한 《여백을 번역하라》《영상 번역가로 산다는 것》《번역가 K가 사는 법》 등이 바로 그것이다. 언어별 번역을 위한 공부법을 제시하는 책도 속속 나오고 있다. 현역으로 왕성하게 활동하는 유명 번역가들의 신간도 읽어보기를 권한다. 자신이 즐겨 읽는 책의 번역가들을 번역서가 아닌 책으로 만날 기회도 되며, 번역가라는 직업인의 생활을 가까이 지켜볼 수 있어서 좋다. 어디서부터, 어떻게 시작해야 할지 모르는 번역가 지망생들에게 유용한 책들이 많아져서 무엇보다도 기쁘다.

마지막으로 직업으로서의 번역가를 염두에 두는 독자들에게 번역가 정영목의 책 《완전한 번역에서 완전한 언어로》를 소개하고 싶다. 저자는 이 책에서 밥벌이를 위해 번역을 했고, 본인의 노동이 성실하기만을 희망할 뿐이라고 반복해서 말한다. 하지만 정영목의 번역서를 편집해본 어떤 편집자는 "그저 한 문장을 잘 옮기는 것과 작품 전체의 온전한 이해가 뒷받침된 균형 잡힌 번역에는 큰 차이가 있다"라고 말하며 그의 번역을 극찬했다. 수많은 편집자가 함께 작업하길 원하는 번역가가 되기까지, 본인의 노동이 계속되길 바라는 그의 지난 발자취를 책으로나마 감상해보기를.

9°

프랑스에 못 가더라도
어린 왕자는
만나고 싶어

《언니들의 여행법》 일본편이 출간되었을 때 가장 먼저 우리를 초대해준 곳은 여행 전문서점 '일단멈춤'이었다. 서점 대표인 송은정 작가의 깔끔하고도 편안한 진행으로 성공적인 첫 북토크를 마친후, 일단멈춤은 내가 즐겨 찾는 서점이 됐다. 여행 전문서점다운 독특한 큐레이션과 따뜻한 분위기가 좋았다. 일단멈춤에서 원데이클래스나 다른 작가의 북토크가 열리면 시간이 되는 대로 참여했다. 늘 먼 산 바라보듯 하던 프랑스어와의 인연도 그곳에서 시작되었다.

프랑스어 기초 4주 완성 프로그램은 일단멈춤에서 운영하던 여러 프로그램 중 하나였다. 당시는 일본어와 중국어 공부가 어느 선에서 일단락되었던 시점인지라, 나의 호기심 레이더는 다른 언어를 찾으라고 말하고 있었다. 그때 프랑스어가 레이더망에 걸린 것이다.

프랑스의 멋진 곳을 다 가보지는 못하더라도 파리에는 한번 가볼 기회가 있지 않을까 하고 생각했다. 여행을 떠날 때 그 나라의 언어를 모르고서는 떠나지 않는다는 다짐이 다시 한 번 작용한 것이다. 특히 파리 6구에 있는 didierlecointredominiquedrouet라는 긴 이름의 서점에 가보고 싶었다(서점의 이름이 이토록 길어진 것에 관해 《황야의 헌책방荒野の古本屋》이라는 책에서는 "이렇게 긴 서점 이름은 읽을 수 없는 것에 의의가 있다고 한다. 문자와 대상이 일치한다는 문자의 역할을 무시하고 단순한 기호 내지 디자인으로 다룬 것이다"라고 설명하고 있다). 혹시나 하고 검색을 해봤더니 Librairie Didier Lecointre Dominique Drouet, 즉 프랑스어로 '서점'을 뜻하는 단어 Librairie를 제외하고 Didier Lecointre Dominique Drouet를 띄어쓰기 없이 표기한 것이었다. 온갖 희귀본, 절판된 책들을 판매하는 이 서점을 직접 가서 구경해보고 싶었다. 구하기 어려운 책들을 요청하면 여러 나라를 뒤져서 찾아주기도 한다는데, 나는 그렇게 귀찮고 힘든 일로 서점 직원을 괴롭히는 일은 하지 않겠다.

프랑스문화원을 드나들며 쌓은 프랑스 영화에 대한 애정도 한몫했다. 고등학교 시절, 학교가 있던 종로구 정동에서 예전의 프랑스문화원이 있던 사간동까지는 걸어 다닐 만한 거리였다. 당시 프랑스문화원의 시네마테크 관람료는 단돈 몇십 원이어서 용돈 걱정 없이 영화를 즐길 수 있었다. 명륜동에 있던 대학교에 입학하고 나서는 학교 후문으로 나가서 프랑스문화원까지 산책하듯 걷곤 했다. 시네마테크 관람료는 인상됐지만 500원~1,000원 사이로 저렴한 편이었으니, 프랑스문화원 시네마테크는 '시네마 키드'였던 내가 예술영화를 마음껏 보기에 안성맞춤인 영화관이었다. 아마도 그 시절 나는 영어 자막으로 된 프랑스 영화를 보면서, 내 귀에 들리던 프랑스어로 영화 내용을 이해하고 있다는 착각을 했던 것인지도 모르겠다.

수업 이야기로 돌아가자면 '일단멈춤'의 프랑스어 기초 수업은 참으로 유용하고 재밌었다. 프랑스어 선생의 발음은 어찌나 황홀하던지 수업 내내 부러워서 쓰러질 지경이었다. 물론 R 발음이라는 고지는 초보자인 내가 넘보기에 너무나 멀고 험했다. 하지만 수업은 프랑스어 알파벳에 까막눈이던 내게 딱 알맞은 난이도였을뿐더러, 4주라는 짧은 기간이 나의 체질에 적합했다. 결과적으로 프랑스어 알파벳의 아베세데ABCD를 읽게 된 것만으로도 만족했달까.

안타깝게도 프랑스어 공부의 재미를 알려준 '일단멈춤'

서점은 그 사이에 영업을 멈췄다. 하지만 서점 주인장이었던 송은정 작가가 책을 향한 사랑을 멈추지 않을 것이니, 다음 행보를 지켜보며 기대해도 좋을 것 같다.

프랑스어 수업의 경험은 결국 나를 방송대 불어불문학과 3학년으로 편입하게 만들었다. 하지만 4주 동안 짧은 프랑스어 기초 수업을 받았다 해도 그 실력으로 3학년 수준의 수업을 따라갈 수는 없는 법. 아베세데는 읽을 수 있지만 글자들이 모여서 단어를 이루고, 단어들이 모여 문장을 만들면 그건 또 전혀 다른 세상이지 않은가. 그래서 또다시 문을 두드렸다. 바로 대안연구공동체의 문을.

온갖 언어의 스승들이 포진해 앞으로 나아갈 길을 마련해주는 그곳에서 파리 3대학과 8대학에서 프랑스어를 공부하고 외국 언어 및 문화 교수법 전공으로 박사과정을 마친 한정희 선생을 만났다. 선생은 그곳에서 프랑스어 기초 과정을 12주에 걸쳐 가르친 다음, 입문자를 위한 프랑스어 강독을 지도하고 있었다. 강독 수업에서 읽는 책은 그 유명한 《이방인L'Étranger》과 《어린 왕자Le Petit Prince》였다. 둘 다 얇은 책은 아니지만 재미를 위해 처음부터 끝까지 전문을 읽기보다는 유명한 부분 위주로 읽는다고 했다. 하지만 번역 마감으로 바빴던 나는 방송대가 개학하기 전에 다급하게 프랑스어를 공부하느라 대안연구공동체에 발을 들였기 때문에 12주의 기초 과정을 듣는 것으로 그쳐야 했다.

역시 급하게 먹으면 체하는 법. 방송대 프랑스어 시간에는 교수님이 자리에 앉은 순서대로 학생들에게 원문을 읽혔는데, 3개월 동안 겨우 기초 문법과 어휘를 끝낸 나는 도저히 따라갈 수 없었다. 특단의 조치를 취해야 했다. 프랑스어 번역가 B에게 해당 범위에 속하는 교재의 두 페이지를 낭독해달라고 부탁해서 녹음을 했던 것. 그리고 녹음해놓은 것을 반복해서 들으며 교재에 끊어 읽어야 하는 부분마다 표시를 하고, 어려운 단어 밑에는 한글로 발음을 적었다. 나의 프랑스어 공부는 이런 꼼수 없이는 도저히 해결이 안 되는 수준이었던 거다.

다른 언어도 그렇겠지만, 프랑스어를 처음 배울 때는 가장 먼저 아베세데를 배우고, 그다음으로 인칭대명사를 배운다. 그리고 끝없이 변화할 것 같은 동사 변화, 영원히 끝나지 않을 것 같은 프랑스어 시제들의 행렬이 이어진다. 고등학교 시절 제2외국어였던 독일어를 제외하고 내가 배운 유일한 알파벳 언어인 영어와 비교했을 때, 프랑스어의 발음과 단어들의 연결 방식은 그야말로 충격과 난감함의 합체였다. '프랑스어가 세상에서 가장 아름답고 정확한 언어'라는 어느 프랑스 소설가의 말을 액면 그대로 믿고 있었는데 이렇게 뒤통수를 맞다니(모든 규칙을 숙지하고 나서야 프랑스어를 정확한 언어라고 말하는 이유가 뭔지 어렴풋이 알게 됐다). 프랑스어의 A는 철자 부호가 붙어서 모양이 달라도 언제나 '아'로 발음된다는 점 하나는 좋았다(이때도 뒤따르는 모음에는 주의해야 한다).

이 밖에도 프랑스어를 공부한 사람들은 잘 알겠지만 프랑스어 발음의 앙셴망enchaînement(두 개의 단어 사이에 걸쳐서 발음되는 것. 첫 단어가 자음으로 끝나고, 두 번째 단어가 모음으로 시작될 때 일어나는 현상)과 엘리지옹élision(모음이 연속되는 것을 피하기 위해 앞 단어의 끝이 모음이고, 다음 단어도 모음으로 시작될 때 앞 모음이 생략되는 것), 리에종liaison(모음 연속을 피하기 위해 원래 묵음으로 발음해야 할 끝 자음이 부활해서 발음되는 것. 반드시 해야 할 경우와 하면 안 되는 경우로 나뉜다), 묵음 등은 내게 시련의 연속이었다. 어느 정도 익숙해지면 저절로 된다는데, 수업 끝나면 교재 덮고 복습도 하지 않다가 다음 수업 시간이 되어야 열어보는 나라는 사람은 가만히 있으면 백만 년이 지나도 익숙해질 것 같지 않았다. 내가 알고 있던 단어들의 발음을 묶어 읽으면 따로 읽을 때와는 전혀 다른 소리가 되어버리는 프랑스어, 너를 어쩌면 좋으냐. 단어를 많이 알면 도움이야 되겠지만, 두 단어 이상을 연결해야 되는 상황에서는 어떤 일이 벌어질지 한 치 앞을 내다볼 수 없는 언어가 바로 프랑스어였다.

그래서 프랑스어를 부전공한 친구 WJ와 일주일에 한 번 만나 프랑스어 원서를 윤독으로 읽기로 했다. 처음 읽을 책으로는 《어린 왕자》를 염두에 뒀다. 그때 내가 소장한 프랑스어 원서가 그것밖에 없다는 이유도 있었지만, 책 내용도 잘 알고 있으며 그림까지 곁들여진 《어린 왕자》가 왠지 편안하고 쉬워 보였기 때문이다. 하지만 《어린 왕자》는 어린이가 주인공인 책이었을 뿐, 결코 어린이 수준의 프랑스어 실력으로는 읽을 수가 없는 책이었다. 프랑스어 동사와 시제의 개념이 내겐 너무 복잡한 대상이었는데, 하필 《어린 왕자》가 동사와 시제의 변화로 점철된 책이었지 뭔가.

결국 《꼬마 니콜라의 여름방학Les vacances du petit Nicolas》을 읽기로 했다. 이 책은 다섯 권으로 된 꼬마 니콜라 시리즈 중의 한 권으로, 영화 〈꼬마 니콜라Le Petit Nicolas〉로도 만들어졌다. 꼬마 니콜라는 프랑스 문화권에서 너무도 유명한 인물이어서, 작가인 르네 고시니René Goscinny와 일러스트레이터인 장자크 상페Jean-Jacques Sempé는 모를지 몰라도 니콜라를 모르는 사람은 없다.

아마존에서 《꼬마 니콜라의 여름방학》의 오디오북도 함께 구입했다. 오디오북은 성우가 누구인가에 따라서 작품 분위기가 확 달라지기도 하는데, 내가 구입한 건 프랑스의 배우 브누아 풀보르드Benoît Poelvoorde가 읽어주는 책이었다. 바로 그 오합지졸 중년 아저씨 수중 발레단 이야기를 다룬 영화 〈수영장으로 간 남자들Le grand bain〉에 나오는 아저씨 배우 말이다. 풀보르드는 이 영화에서 수영장(정확히는 수영장의 수조)을 파는 회사 대표로 나오는데, 나는 그 영화를 보고 주인공 아저씨들이 다니는 수영장 간판 조명 아래에서 빛나던 PISCINE(수영장, 수조의 의미)이란 단어 하나는 확실하게 건졌다. PISCINE은 프랑스어 초급 교재에서 빈번하게 등장하는 단어로, 여성 명사이며 발음기호는 [pisin]이다. 원어민의 발음을 들어보면 '피씬느'라고 말하는 것처럼 들린다. 아아, 또 프랑스어 이야기하다가 어물쩍 영화 이야기로 넘어가버렸지만, 그만큼 나의 프랑스어 공부도 가랑비에 옷 젖듯이 느리지만 즐겁게 지속되었다는 걸 알아주길 바란다.

또 다른 니콜라 책도 한 권 더 생겼다. 《꼬마 니콜라의 쉬는 시간Les récrés du petit Nicolas》인데, 니콜라 시리즈를 읽고 있다고 했더니 프랑스어 번역가 B가 자신의 책장에도 니콜라가 있다며 빌려준 것이다. 그 이후로 오랜 시간 책장에 꽂아둔 채로 있는데 언제 다 읽고 반납할지는 신만이 아시리라. 프랑스어 책을 함께 읽던 친구가 떠나기 전에 읽거나, 주한 프랑스대사관 어학센터 아니면 알리앙스 프랑세즈의 문을 두드려봐야겠다.

WJ와의 윤독모임은 10개월 정도 이어졌다. 우리는 첫 책인 《꼬마 니콜라의 여름방학》을 지나, WJ가 예전에 공부했던 프랑스어회화 교재도 함께 읽었다. 그 사이에 2년이 지나 무사히 방송대 졸업도 했다. 나는 이제 읽을 엄두도 못 내던 《어린 왕자》를 다시 소환하려고 한다. 그를 너무 기다리게 하면 슬퍼할 테니까. 어린 왕자가 석 달 후에 온다면 나는 두 달 전부터 행복해질 거야.

책과 함께 보면 좋은 프랑스 영화

프랑스어 원서로 읽을만한 책이 더 있을까 해서 검색하던 중 〈Monsieur Ibrahim Et Les Fleurs Du Coran〉이라는 프랑스 영화를 발견했다. 프랑스의 인기 작가인 에릭 엠마뉴엘 슈미트Eric Emmanuel Schmitt의 소설을 바탕으로 만든 영화다. 원작 소설의 번역서를 찾아보니 우리나라에는 《이브라힘 할아버지와 코란에 핀 꽃》이란 제목으로 출간되었지만, 품절된 상태라 구할 수 없었다. 다행히 책의 두께가 얇아 보여서 영화 DVD와 함께 주문했다(내가 인터넷에서 검색하던 당시에 이 영화는 어느 OTT 사이트에도 없었다). 좋아, 평소에 하던 대로 책을 먼저 사서 책장에 진열해놓겠어. 언젠가는 책장에서 빼내 읽겠지!

영화는 DVD가 배송되자마자 먼지가 쌓일세라 서둘러 감상했다. 한국에서 출시한 DVD의 제목은 〈이브라힘씨와 코란의 꽃〉으로, 주인공의 이름은 모모였다. 에밀 아자르(로맹 가리

Romain Gary)의 《자기 앞의 생La vie devant soi》에 나오는 모모와는 달리, 부모님이 계시지만 마음 둘 곳 없던 10대 초반의 외톨이 유대인 소년 모모가 구멍가게 주인인 이브라힘 할아버지를 만나 삶의 지혜를 터득해가는 일종의 로드무비다. 영화 〈닥터 지바고Doctor Zhivago〉의 주연 배우 오마 샤리프Omar Sharif가 이브라힘 할아버지를 연기했다. 영화가 기대 이상으로 감동적이었으니 책을 읽으면서 그와 같은 느낌을 기대해도 좋을 것 같다.

10°

언젠가 모든 언어의 맛

이제부터는 실패한 공부의 집대성이 펼쳐진다. 이 책을 펼치고 공부 열심히 잘하자는 이야기가 나오기를 기대했다가 '이래서야 무슨 공부가 되겠나' 싶은 마음이 든 독자들에게는 참으로 면목이 없다. 그래도 나처럼 성의 없어 보이게 공부를 해도 마냥 지지부진한 결과만 나오는 건 아니라는 것을 알아주면 좋겠다. 공부는 필요할 때, 하고 싶을 때 하는 것이 중요하다는 이야기와 함께.

나는 모든 공부에 성공하지는 못했다. 앞에서 이야기한 프랑스어 역시 어찌어찌 방송대를 졸업하기는 했지만, 여전히 어린이책을 겨우 읽어내는 수준에 불과하다. 그래서 나처럼 이것저것 배우다 말다, 배운 것도 아니고 안 배운 것도 아닌 것 같은 시간을 지나왔을 누군가에게는 '당신만 그런 게 아니에요'라는 응원을 보내고 싶다. 한편으로 외국어 공부를 이렇게도 할 수 있다는 이야기를 하고 싶다. 세상에는 음미하고 싶은 언어가 너무도 많은데, 매 순간 깊이 파고들다가는 모든 언어를 맛볼 수 없을 테니까. 학교를 졸업하고서야 비로소 진짜 공부가 시작된다는 말이 맞나 보다.

나의 호기심은 언제나 어떤 외국어를 선택할지 고민하게 만든다. 아무래도 아랍어나 태국어 등 그림처럼 생긴 문자의 언어는 배우기 어려울 것 같으니 패스! 당연한 이야기지만, 한자 문화권에 속하는 우리에게는 역시 일본어와 중국어가 적당히 따뜻하고 편안하게 느껴지는 온도의 언어인 것 같다. 한자어가 한국어의 지분을 상당히 차지하고 있으니, 한국인에게 중국어와 일본어를 배우는 게 다른 서양 언어를 배우는 것에 비해 상대적으로 수월한 것은 분명하다. 그래서 내가 의무교육과정에서 배운 영어 다음으로 시작한 외국어가 중국어와 일본어인 것이 아닐까.

반면에 혀끝에 대고 맛을 본 언어의 온도에 순위를 매기자면, 내게 프랑스어와 독일어는 매우 뜨거운 맛을 보여주는 언어다. 문법으로 시작해서 문법으로 끝난 기억밖에 없기 때문이다. 나와 함께 외국어를 공부했던 친구들은 잘 알 것이다. 내가 얼마나 문법을 싫어하는지.

특히 독일어 공부는 중고교 시절 이후 겪어본 적 없는 고난의 시간이었다. 토요일과 일요일에 낮 한 시부터 밤 열 시까지 저녁식사를 위한 한 시간의 휴식을 제외하고 꼬박 여덟 시간을 책상에 붙어 앉아서 공부하다니. 독일어 공부가 시급하다는 소설가 지인(독일의 한 대학교 한국어과에서 그녀의 작품을 연구하는 과정에 초빙을 받은 상태였음)의 요청으로 다른 친구 세 명을 더 이끌고 대안연구공동체의 '독일어 문법 4일 만에 끝내기' 수업을 듣던 때의 일이다.

나 역시 뮌헨청소년도서관에서 진행하는 스터디펠로십 프로그램에 참여하고 싶은 욕구가 있었다. 매년 열다섯 명 정도의 해외 전문가들에게 약간의 체류비와 함께 연구 기회를 제공하는 이 프로그램은 영어, 독일어 외에도 다양한 언어의 전문가들이 연구에 필요한 자료에 관해 자문을 해주어 참여자들은 지적 성취를 이룰 수 있었다. 체류 지원 기간은 6주~3개월로 숙소 비용과 왕복항공권을 지원하며, 3개월의 기간을 나누어 체류해도 된다. 연구기간 동안 자유롭게 개인 연구와 공부를 할 수 있으며, 결과물을 제출하지 않아도 되므로 진정 자유로운 프로그램이라 할 수 있다. 어린이 문학, 그림책에 관련한 일(작가, 연구자, 출판, 서점, 교육 등)에 종사하는 사람 모두 지원할 수 있으니 이때에 대비해 독일어를 배우고 싶었다.

대안연구공동체에서는 독일 뒤셀도르프의 하인리히하이네 대학교에서 독어학 및 일반 언어학을 전공한 류동수 선생이 정말로 4일 만에 독일어 문법을 끝내준다. 2주간의 주말 동안 오후 한시부터 밤 열 시까지 독일어 문법을 독하게 배우는 것이다. 이후에는 문법 수업을 끝낸 수강생들을 대상으로 독일어 원서 강독을 시작한다. 하지만 번역 등의 다른 일들로 강독 수업에는 참여하지 못했다. 사실 4일 동안 들었던 수업 강도를 기억하는 몸이 은연중에 연이어 독일어 수업을 하는 것을 원하지 않았던 것일 수도 있다. 그렇게 독일어 수업은 문법으로 시작해서 문법으로 끝이 났다.

독일어 공부를 다시 시작하고 싶다는 생각은 여전하지만, 구체적인 시기는 아직 정하지 못했다. 방송대에 독어독문학과가 있었다면 편입을 했을 텐데. 근처에 있는 독일문화원(괴테 인스티튜트)에 다니고 싶다는 생각은 남산도서관에 근무할 때부터 계속 해오기는 했다. 아마도 프랑스어 원서를 읽는 속도가 좀 나아졌다고 느껴지는 어느 날, 독일어 알파벳 아베체데ABCD를 그리워하며 남산 자락을 오르게 될지도 모른다.

그렇게 독일어 공부를 멈춘 상황에서 또다시 유럽 쪽을 여행하게 되면 유용할 것 같은 언어를 발견했다. 유창한 에스페란토Esperanto를 구사하는 지인을 만난 것이다. 곧바로 그 지인을 선생으로 모시고 친구들을 끌어들여 모임을 만들었다. 내 귀는 얇고, 레이더망은 너무도 광범위하다.

에스페란토는 폴란드의 안과의사 자멘호프Lazarus Ludwig Zamenhof가 1887년에 '국제어'라는 이름으로 발표한 인공 언어다. 자멘호프는 어린시절 언어와 문화 차이로 종족 간의 다툼과 반목을 겪으면서 불화의 주된 원인이 언어의 다양성에서 기인한 상호 이해의 결핍이라고 생각했다. 자멘호프는 이를 해결하고자 고교 재학시절인 1878년에 '보편어'를 만들었고, 이를 개량해 마침내 국제공용어를 내놓았다. 이때 그가 사용한 필명 '에스페란토'(희망자라는 뜻)가 이 언어의 명칭이 되었다.

에스페란토에는 국제어를 통한 소통과 화해를 꿈꿨던 자멘호프의 소망이 담겨 있다. 에스페란토는 유럽의 아홉 개 언어에서 가져온 어휘들을 조합한 다음, 각 언어의 공통점과 장점만을 뽑아내 예외와 불규칙이 없는 문법을 자랑하는 언어다. 모음 다섯 자에 자음 스물세 자로 구성되어 있으며 누구나 쉽게 배울 수 있어서 처음 접하는 사람이라도 열두 시간만 배우면 기본적인 문법은 거의 다 배울 수 있다. 그렇지만 나란 사람의 어휘 사전에 '한 번 듣고 이해하기'라는 건 없는 말 아니더냐. 초급 수업이 끝나자마자 에스페란토에 관한 기억은 형체도 없이 사라져버렸다.

모든 언어가 그렇듯이 여러 외래어가 추가되고, 인공어의 특성상 언어가 계속 변화하니 이어서 배우기가 쉽지 않았다. 이전보다 에스페란토를 접할 기회가 줄어들면서 공부해야 할 필요성이 줄어든 것도 컸다. 에어비앤비가 활성화되기 전에는 에스페란토를 할 줄 아는 사람들끼리 무료로 집을 빌려주기도 해서 '에스페란토를 배워서 유럽여행을 가자!' 하는 다짐을 하게끔 했었는데, 이제는 그런 일이 불가능할 정도로 사람들 사이에서 에스페란토에 대한 관심이 줄어든 것 같다. 에스페란토라는 이름을 들어본 적이 없는 사람들도 허다할 정도다.

다시 공부하게 될 때에 대비해 교재는 책장에 잘 모셔뒀다. 누군가 에스페란토를 공부하고 싶어한다면 함께하려고. 가끔씩 책의 먼지를 털어주며 안부를 묻던 중, 어느 날 페이스북이 6년 전의 추억을 소환해줬다. 에스페란토를 가르쳐준 선생과 나머지 여섯 명의 학생들이 같이 찍은 사진이 다시 올라온 것이다. 사진 속의 학생 중 한 명인 노리코를 보니 갑자기 그녀가 몹시 그리워졌다. 헤아려보니 마지막으로 만난 지 4년쯤 지난 것 같다. 그동안 노리코는 오랜 영국생활을 접고 런던대학교에서 나고야의 난잔대학교로 자리를 옮겼다. 언어학자답게 평소에도 여러 언어에 관심이 많아 한국에 있는 짧은 기간에도 나를 따라 에스페란토를 배우러 다녔다. 에스페란티스토Esperantisto가 되면 유럽에서 친구들을 사귀고 인연을 맺을 기회가 많아져 안전한 여행을 즐길 수 있겠다고 기대하면서.

에스페란티스토는 에스페란토에 접미사 -ist-를 붙인 단어다. 접미사 -ist-는 영어에서 사용되는 접미사 -ist와 마찬가지로 '그러한 직업을 가진 자' 또는 '그러한 사상을 가진 자'를 뜻한다. 따라서 에스페란티스토는 '직업적으로 에스페란토를 보급하는 사람' 또는 '에스페란토주의를 표방하는 사람'이라는 의미를 지닌다. 직업적인 의미를 떠나 넓은 의미에서의 에스페란티스토는 에스페란토를 사용하는 목적에 관계없이 에스페란토를 알고, 사용하는 모든 사람을 가리킨다. 중국어로는 어떻게 부르는지 궁금해서 찾아보니 에스페란티스토는 世界语者[shìjièyǔzhě]였다. 오호라, 세계어!

에스페란토는 지금도 중국, 바티칸, 폴란드, 오스트리아, 쿠바 등 열한 개 나라에서 단파 및 위성방송을 통해 전달되고 있다. 해마다 유럽과 다른 지역을 번갈아가면서 세계에스페란토대회를 개최하고 있고, 한국에서도 매년 10월 한국에스페란토협회 주최로 한국 에스페란토대회가 열린다. 에스페란토 강좌는 한국외대, 단국대, 원광대 등에서 개설하고 있다. 130여 년의 역사를 통해 하나의 이상을 추구하는 멋진 세계어, 당신도 에스페란토를 한번 맛만 보시면 어떠실지. 아, 나도 다시 초급 강의를 들어야 하려나.

마지막으로 펼치고 싶은 이야기는 베트남어다. 알고 보면 베트남도 한자 문화권의 나라다. 아시아에서 유일하게 한자 체계에 로마 표기법을 대입해 만든 문자가 베트남 문자라고 한다. 1,000여 년을 이어 지속된 베트남의 한자문화를 칼같이 끊고 알파벳 문자로 새로운 베트남 문자를 만들어낸 프랑스인과 포르투갈인 선교사들, 참으로 대단하다.

여기서 베트남 문자의 역사를 간략하게 살펴보자면 초기에는 한자를 베트남어 음운에 맞게 고쳐 만든 문자 '쯔놈'으로 베트남어 표기가 가능했다. 그 뒤 쯔놈과 한자를 섞은 표기법이 실용화되었다. 베트남어로 한자는 한뜨漢字, Hán tự

라고 하며, 한자로 적힌 한문은 쯔뇨𡨸儒, chữ Nho 또는 쯔한𡨸漢, chữ Hán이라고 한다. 이것은 한자로만 쓰여 있고 중국, 일본, 한국에서 쓰는 한자와 구별되지 않았다. 쯔놈은 민족 문학이나 부락 사회의 기록을 남기는 유일한 수단으로 19세기까지 쓰였다. 프랑스 선교사가 고안한 베트남어의 로마식 표기 꾸옥응으國語, Quốc Ngữ를 채택한 20세기 이후 베트남어에서는 공식적으로 한자를 사용하지 않는다.

실제로 전체 베트남어 어원의 60~70퍼센트가 중국 한자에서 유래되어, 중국어를 알고 있는 사람이라면 발음을 들어보면 뜻이 짐작되는 단어가 많다. 알파벳으로 표기는 되어 있지만 막상 읽어보면 중국어 단어 발음과 비슷해 베트남어에 까막눈인 내게도 가끔 뜻을 유추할 수 있는 경우가 있었다. 가령 '공짜, 무료'라는 의미의 miễn phí라는 단어는 중국어의 免費[miǎnfèi]와 발음이 비슷하다. 휴대폰을 뜻하는 điện thoại di động이라는 단어 역시 가만히 들여다보면 '전화電話 + 이동移動'임을 알 수 있다.

내게는 충분히 베트남어를 배워야 할 그리고 배울 수 있는 계기가 있었다. 일본인과 결혼해 도쿄 기치조지에 살던 JJ가 남편이 호찌민 주재원으로 발령이 나서 3년째 그곳에서 머물고 있던 중, 서울에 잠시 들어왔을 때였다. JJ가 다음 해에는 일본으로 다시 돌아가야 할지도 모르니 호찌민 방문을 더는 미루지 말라고 재촉했다. 원래 일본이나 대만, 중국의 어느 도시에서 살아보고 싶다는 야무진 각오를 다지고 있었기에, 여름휴가를 가지 않는 대신 그 나라들을 여행하기에 내가 최적의 시기로 꼽는 11월에 맞춰 일정을 통째로 비워둔 참이었다. 그렇게 10월 마지막 주에 베트남 호찌민으로 5주 살기를 떠났다.

빠르게 결심을 했기 때문에 길게 살 준비는 제대로 되어 있지 않았다. 언어를 모르는 나라에는 가지 않겠다는 다짐을 뒤집는 결정이었던 것이다. 하지만 웬걸. JJ와 함께 호찌민에 도착해보니 그녀 남편의 근무가 연장돼 호찌민에서 2~3년 더 지내게 되었다는 것 아닌가. 이왕 이렇게 된 거 현지 언어를 배우는 게 좋겠다며 JJ와 함께 베트남어 공부를 시작했다.

한 달에 걸쳐 매주 한 번, 두 시간 수업을 해줄 선생은 호찌민의 대학교 3학년 여학생 응우옌 비안이었다. 그녀는 내가 머물고 있는 레지던시 아파트의 한국인 주인 내외에게 과외를 해주고 있었다. 학교 수업이 비는 시간에 스쿠터를 타고 쌩 달려와서 수업시간 꽉꽉 채워가며 가르쳐주던 그녀와는 지금도 가끔 연락을 주고받으며 지낸다. 한국에서 일하고 싶어 한국어를 한 학기 동안 배운 그녀와는 수업이 끝나고 여분의 수다를 즐길 수 있어 좋았다.

덕분에 베트남으로 급하게 떠났는데도 5주 살기는 성공적이었다. 호찌민의 카페에서 영어가 아닌 베트남어 메뉴판을 보고 내가 원하는 콜드 브루 연유 커피 이름인 꽁화쓰어닥[cộng hòa sữa đặc]을 찾아 직원에게 읊어주고, 직원이 알아들었을 때의 기쁨이라니. 물론 성조 없이 영어식으로 읽은 것에 불과하며, 베트남어 단어의 앞뒤 문장은 영어로 말했지만 그게 어딘가. 내가 배워 익힌 단어를 현지의 간판이나 광고판에서 발견했을 때의 소소한 기쁨이야말로 그 나라의 매력을 접하게 되는 첫걸음이 아닐까 싶다.

이 밖에도 호찌민에서 열두 편의 영화(할리우드 영화, 중국영화, 베트남 영화 등)를 베트남어 자막으로 관람했다. 이틀에 한 번꼴로 극장 문이 닳도록 드나드니 베트남 직원들이 알아보고 반갑게 인사를 건넸다. BTS의 공연 실황과 무대 뒷이야기 등이 담긴 다큐멘터리 영화 〈번 더 스테이지Burn The Stage〉를 관람하던 날은 특히나 젊은 직원들이 더욱 살갑게 인사를 하면서 너도나도 BTS 팬이라고 했다. 내가 한국인인 걸 알기에 당연히 나도 BTS 팬이라서 영화를 보러 온 거라고 생각하는 것 같았다. 그때는 BTS의 음악세계를 잘 몰랐기에 그날의 극장 라인업 중에서 가장 볼 만한 영화라는 판단이 서서 관람한 거였지만, 결과적으로는 가슴 뜨거워지는 시간을 보내고 왔다.

이 모든 일은 베트남의 영화 관람료가 우리나라 극장의 절반도 안 되는 금액이어서 가능한 일이었다. 그때 내가 본 베트남 영화 두 편 중 하나는 영어 자막이 있어서 그나마 스토리를 따라잡기 좋았는데, 다른 영화는 자막이 없어서 베트남어로만 영화를 보며 막무가내로 이해하려고 무진 애를 썼다. 청춘물이어서 오글거리는 장면도 많았지만, 뜻밖에도 놀랄 만큼 재미가 있었다. 스크린에 뿌려지는 베트남어 자막을 문자가 아닌 그림으로 즐기며 단어의 수도 세어보고, 반복해서 나오는 베트남어들을 대사와 비교해보는 여유도 부렸다. 영화를 보면서 단어 공부를 하면 범접 못할 듯 여겨지는 어려운 언어라 해도 절대 지루할 일은 없다는 경험치도 잔뜩 쌓였다. 외우려고 애쓰지 않았지만 단어 몇 개는 지금도 기억이 난다.

하지만 한 달 살기를 하면서 느꼈던 성취감이 무색하게도 나는 한국으로 돌아와서 베트남어 공부를 계속하지 못했다. a, e, i o, u, y 등의 알파벳 낱자들이 엄연히 하나의 단어를 이뤄 감탄사, 어조사語助辭(실질적인 뜻이 없이 다른 글자를 보조한다), 어기사語氣辭(주로 경멸·속단·낙관 등의 어감을 표시하며 문장 끝에 쓰인다)로 사용될 뿐만 아니라 명사, 동사, 부사 등 여러 품사로 사용되는 등 복잡한 베트남어의 문자 체계 때문이었다. 베트남어의 여섯 가지 성조를 익히는 것도 어려웠지만, 동일한 알파벳으로 된 단어들이 여섯 성조와 결합해 각기 다른 의미가 되어버리기 시작하면, 마치 눈앞에서 단어들이 무한으로 자가증식하는 것 같았다. 이렇게 강력한 마술적 언어 알고리즘이라니!

Tôi mới.

베트남 영화를 보다가 마음에 들어 새긴 문장이다. '나는 새롭다'쯤으로 번역되는 것 같았다. 단순하고도 멋지지 아니한가? 그런데 성조를 확인하느라 베트남어 사전을 검색하다가 깜짝 놀랐다. 성조를 달리해 발음하면 '노예'라는 의미가 되기 때문이다. 경악할 노릇이다. 기분 좋게 새로 시작하고 싶다는 이야기를 하려다 노예가 되는 수도 있지 않을까. 1년

이상 베트남어를 배우고도 포기하는 현지 한인들이 많다는 이야기는 실화였던 것이다.

여전히 우리 집에는 베트남에서 산 베트남어 교재(원서)와 동화책이 서가 한구석을 차지하고 있다. 언젠가는 다시 베트남어를 시작하겠다는 의지의 표명일까. 그러기 위해서는 아무래도 베트남어를 가르쳐주는 학원보다는 빨리 맛있는 베트남 쌀국수집을 찾아 베트남 원어민 친구를 사귀어야 할 것 같다. 베트남어를 공부할 사람들을 두어 명 모아 함께 클래스를 만들어 원어민 수업도 만들어볼까.

다소 산만해 보일 수도 있겠지만 여러 가지를 공부하는 과정을 거치고 나서 얻은 결론이자 희망사항은 하나다. 시작은 미미해도 일주일에 한 시간이라도 계속해나가기만 한다면 언젠가는 가랑비에 옷 젖는 줄 모르는 경지에 도달하리라는 것. 이른바 공부에 스며드는 삼투압 효과를 기대해보자는 이야기다. 취미생활로 공부만 한 것도 없다. 그리고 언어의 세계는 끝이 없다. 공부의 최전선에 나서보기에 충분할 만큼.

학원 말고, 대안연구공동체

대안연구공동체CAS(cafe.naver.com/paideia21)는 인문학 강좌와 세미나를 통해 철학, 문화예술, 세계의 언어를 배울 수 있는 오프라인 인문학 아카데미다. 온라인 회원은 1만여 명에 달한다. 번역과 글쓰기 강좌는 물론 대부분의 주요 외국어를 배울 수 있다. 철학 강좌를 중요하게 여기기에 서양 철학 공부에 필요한 그리스어, 라틴어 강좌도 꾸준히 열고 있으며 해당 분야의 전문가들이 리더로 활약하는 영화모임, 책모임도 활발하다.

새로운 강의나 모임을 시도하는 데에도 주저함이 없다. 이곳의 강의를 많이 들어본 건 아니지만 대안연구공동체는 스터디 주제나 강의 요목을 정하고, 그 강의를 이끌 적임자를 찾아 새로운 강좌를 열기에 적당히 탄력적인 공간으로 보인다. 강의마다 조금씩 차이는 있지만, 대부분 전공과 무관하게 수강할 수 있도록 열려 있다.

대안연구공동체 사이트에서 새로 시작한 강의 중 '한중일 도서 읽기 스터디'는 중국어 번역가가 개설한 3개월짜리 강의다. 수강 대상은 한중일의 역사와 문화 그리고 문학의 주요 도서를 비교하며 읽고 싶은 사람이다. 중국어나 일본어 중 무엇이라도 구사하는 사람이 오면 금상첨화지만 그게 안 돼도 괜찮다고 되어 있다. 한중일 삼국 관계가 역대 최악으로 치닫고 있는 지금, 미래의 향방을 예측하기는 어렵지만 그 중요한 토대가 될 한중일의 역사와 문화에 관한 이해를 심화시키려는 것이 강의 개설의 취지라고 한다. 중국어와 일본어를 공부하고 책 읽기를 '즐거움 연장의 끝판왕'으로 알고 있는 내게 찰떡처럼 들어맞는 강의라, 머지않아 일정이 맞아 수강할 기회가 오기를 고대하고 있다.

III

가랑비에 옷 젖듯 공부하다 생긴 일들

11°

내가
사서가
될 줄이야

까막눈에서 밝은 눈이 된 이후, 즉 글자를 깨우친 이후 줄곧 책을 읽어왔지만 도서관에서 일하는 사서가 되겠다는 생각은 해본 적이 없었다. "어느 날 깨어보니 시인이 된 것을 알았다"라고 했던 시인 조지 고든 바이런George Gordon Byron처럼 "어느 날 깨어보니 사서가 돼 있었다"라고 말할 수 있으면 멋있으련만, 그런 것과는 거리가 멀었다. 도서관 사서라는 직업에 일찌감치 눈을 돌렸다면 문헌정보학과를 선택했겠지만, 학부 전공을 선택할 때 내가 염두에 뒀던 건 철학, 심리학, 역사 그리고 당시 취업에 여러모로 유리했던 영문학, 기타 외국어 등이었다. 배우고 싶은 게 너무 많아 전공을 고르지 못한 채 지원서에 빈칸을 남겨두고 마감 전날까지 마음만 분주한 시간을 보냈다. 안 해본 일은 끝까지 궁금해하는 성격이니 오죽했겠나.

결국 결정해야 할 순간에 빈칸에 채워넣은 건 국어국문학이었다. 한 우물을 깊게 파는 사람이 아니기에, 졸업 후의 진로에 관해서도 깊게 생각하지 않았다. 4년 후 졸업을 할 즈음에 내가 무엇에 관심을 갖게 될지 알 수 없었고, 어떤 일을 잘 해낼지 도무지 알 수 없었으니까. 그런데 지원서 마감일 전날 눈길이 닿은 신문 기사의 헤드라인이 하필이면 '해마다 가장 많은 교사를 채용하는 과목은 국어'였다. 그렇지. 국어는 모든 공부의 기본이고, 중고교 시절 내가 가장 좋아했던 과목도, 가장 점수가 좋았던 과목도 국어였으니 고민은 이제 그만하자. 그렇게 해서 나는 국어국문학을 전공하고, 교직과목을 이수해 교사 자격증을 취득했다.

교직과목의 피날레인 4학년 1학기의 교생 실습을 나갔을 때다. 그곳에서 나는 교사라는 직업을 수행하기 위해서는 투철한 직업 정신 외에도 '교사로서의 소명 의식'이 중요하다는 깨달음을 얻었다. 앞으로 계속 학교 현장에 남으려면 교육자로서의 덕목과 품성을 쌓으며 가르치는 일에 매진할 수 있어야 하는데, 내가 과연 잘할 수 있을까? 한 달이라는 시간이 삽시간에 지나갈 정도로 학생들을 가르치고 그들과 교류하는 일은 무척 흥미로웠지만, 고민의 답은 얻지 못한 채로 실습을 마무리했다.

그런데 학교에 나가서 새롭게 알게 된 사실이 하나 있었으니, 바로 '사서 교사'의 존재였다. 내가 교생 실습을 나갔던 학교에서 옆 반에 배정받은 교생이 사서 교사였다. 문헌정보학을 전공하고 교직과목을 이수해 사서 교사로 교생 실습을 나온 그녀는 수업시간에 관련 교과목으로 본인이 선택한 역사를 가르쳤다.

당시의 내게는 일반 교사에 비해 사서 교사가 좋아 보였다. 좀 더 독립적으로 일하는 듯 보였기 때문이다. 교실이나 교무실이 아닌, 도서관에서 근무하는 교사라니! 그리하여 나는 사서 교사가 되기 위한 과정을 1년 동안 다시 공부했다. 마침 내가 다니던 대학교 부설기관으로 한국사서교육원이 있어서 졸업과 동시에 곧바로 사서 교사 과정에 들어갔다. 야간으로 개설한 과정이어서, 다른 직업에 종사하면서 사서가 되기 위해 공부하거나, 준사서 자격증을 소지하고 현직 도서관 사서로 근무하면서 정사서 자격증을 취득하기 위해 다니는 사람도 많았다.

1년 후 한국사서교육원을 수료한 내 손에 사서 교사와 정사서 자격증이 쥐어졌다. 지금은 한국사서교육원에서 취득할 수 있는 자격증의 종류가 달라져서 사서 교사가 되려면 학부에서 문헌정보학을 전공하고 교직 과목을 이수하거나, 사서 교사 과정이 개설된 교육대학원에 진학해야 한다. 사서 자격증은 대학에서 문헌정보학을 전공하거나, 문헌정보학과가 개설된 평생교육원의 학점은행제 과정을 이수해서 취득할 수 있다. 다른 전공의 준학사 학위 또는 학사 학위를 지닌 사람이 사서 자격증을 취득하고 싶다면 서울 지역의 경우 성균관대학교 한국사서교육원, 숭의여자대학교 평생교육원, 대림대학교 평생교육원 등의 과정을 이수하면 된다. 학교마다 입시 요강이 조금씩 달라서 전적 대학교의 성적 반영 비율 및 경력 인정 가산점 등에 차이가 있으므로 자신에게 적합한 학교를 골라야 한다.

사서 교사가 되기를 선택했던 나는 차선책으로 생각한 사서가 됐다. 서울 지역 임용고시(순위 고사)에서 한동안 사서 교사 인원을 선발하지 않아, 공채 공고가 먼저 나온 서울시 교육청도서관 사서직 시험에 응시했던 것이다. 커피 광고 문구처럼 들리는 '인생은 초이스'라는 말이 실감 나는 순간이었다. 자기 자신이 이룬 모든 일은 자신이 선택한 것들의 총합이다. 삶에는 결정적 순간이 있을 뿐만 아니라, 그때 내린 결정은 오래도록 우리의 삶에 영향력을 행사한다. 그래서 정년 퇴직을 맞이하기까지의 그 오랜 시간을 나는 도서관 사서로 일했다.

도서관 사서가 되면 도서관에 일부러 시간 내서 책을 반납하러 갈 필요가 없어서 좋다. 출근길에 책을 반납하고 퇴근길에 대출하면 되니, 이보다 더 나은 도서관 이용법이 어디에 또 있으랴. 사서가 되기 전에는 도서관에 보고 싶은 책을 빌리러 갈 때면 발걸음이 가벼운데, 반납할 때가 되면 왜 그리 할 일이 많고 시간은 없는지……. 도서관을 많이 이용하는 분들은 아마 내 말에 깊이 공감하시리라.

더 좋은 건 엥겔계수보다 높은 나의 제2엥겔계수, 일명 책값계수 문제가 원만히 해결되었다는 점이다(제2엥겔계수는 섭취 에너지 중에서 전분질식품을 취해서 얻는 에너지 비율을 계산한 전분식비율을 의미하지만, 나는 이를 책값계수라고 내맘대로 바꿔 부른다. 나의 일용할 전분은 '책'이니까). 읽을 책을 사서 쟁여두는 버릇 때문에 용돈 적자 현상을 만성적으로 겪고 있던 나는, 취직과 더불어 도서관의 책을 빌려서 읽은 다음에 마음에 들면 책을 사는 버릇이 생겼다. 《채링크로스 84번지》의 작가 헬레인 한프는 "읽어보지 않은 책은 절대 사지 않는다"라고 했다. 옷을 살 때 미리 입어보지 않고서 어떻게 모험을 할 수 있느냐며 책을 살 때도 마찬가지라고 했다. 그

정도까지는 아니지만 나도 도서관에서 일하게 된 이후로는 먼저 읽고 책장에 오래오래 소장해두고 싶은 책만 한 번 걸러서 구입하는 습관을 들였다. 그래서 마구잡이로 책을 사들이던 시절에 비해 용돈 적자 현상은 어느 정도 해결됐다. 모두 수십만 권의 책을 소장하고 있는 화수분 같은 존재인 도서관 덕분이다. 《아무튼 도서관》이라는 책도 누가 써줬으면 좋겠다. 책을 아무리 읽어도 끊임없이 새 책이 들어오는 곳은 도서관밖에 없다. 아, 서점도 있다. 내가 책을 사들이는 일에 신중해지기는 했지만 여전히 모 인터넷서점 회원의 상위 10퍼센트에 속하는 독자의 신분을 유지하고 있는 이유다.

내가 만약 도서관 사서가 되지 않았다면 서점 직원이 되었을지도 모를 일이다. 빵을 좋아하던 어린 시절, 빵집 직원을 부러워했던 적도 있었고, 영화를 좋아해서 영화관 매표원이 되고 싶었던 적도 있었으니, 내가 서점에서 일을 하게 된다 해도 아주 개연성이 없는 일은 아닐 것 같다.

12°

책을

읽지 않는다는 것은

어떤 느낌일까

✐

윅셔너리Wiktionary(위키낱말사전)는 번역을 할 때 사용하는 여러 사전 중 하나다. 윅셔너리는 위키피디아 프로젝트로 영어, 국어, 프랑스어, 포르투갈어 등을 제공하는데, 최종 목표는 "모든 언어의 모든 낱말을 정의하는 것"이라고 한다. 사전에 정식으로 등록된 건 아니지만 윅셔너리 사이트에서만 볼 수 있는 흥미로운 단어들이 많다.

어비블리오포비아abibliophobia도 그런 단어 중 하나인데, a-+biblio-+-phobia의 합성어로 '읽을거리가 줄어들다 못해 떨어지지 않을까 두려워하는 공포증'을 의미하는 신조어다. 나처럼 읽을 책이 떨어지면 안 되겠기에 외출을 할 때마다 책을 세 권 이상 준비하는 사람이 있다면 어비블리오포비아를 의심해봐야 한다.

어비블리오포비아는 특별한 사람이 아니다. 지하철에서 스마트폰으로 끊임없이 웹툰과 웹소설을 보는 사람들도 어비블리오포비아에 해당한다고 생각한다. 시인 새뮤얼 대니얼Samuel Daniel은 그의 시 〈뮤즈의 사랑〉에서 "문자의 축복을 받은 인류는 문자 안에서 모두 하나가 된다"라고 했는데, 스마트폰으로 문자와 텍스트를 읽거나 주고받지 않으면 한시도 견딜 수 없는 사람들도 어비블리오포비아의 범주에 넣어주면 안 될까. 나 역시 혹시나 밖에서 읽을 책이 떨어질까 봐 전자책서점 R의 앱을 스마트폰에 깔아놓고 있는데, 어비블리오포비아의 범주를 위와 같이 생각한다면 문자와 나 사이를 방해하는 것이 아무것도 없어야 편안한 나는 어비블리오포비아가 맞다.

어릴 때 주위 어른들이 내게 붙여준 별명은 '책벌레'였다. 그래서 책을 향한 유별난 애정을 상징하는 칼 슈피츠버그Carl Spitzweg의 〈책벌레The Bookworm〉라는 그림을 발견하고는 그림 속 수천 권의 책에 둘러싸인 노학자를 마치 나의 도플갱어인 듯 바라보곤 했다. 그러다 주세페 아르침볼도Giuseppe Arcimboldo의 〈도서관 사서The Librarian〉라는 그림을 만났을 때는 그 기발함이 사랑스러워 함께 아껴주게 됐다. 몇 권 안 되는 책으로 인간의 신체를 교묘하게 짜맞춤한 그 그림은 도저히 16세기 화가의 작품으로는 보이지 않을 만큼 현대적이며 익살스런 느낌을 준다.

책을 향한 나의 터무니없고도 열광적인 사랑이 언제 어디에서 비롯되었는지 가끔 궁금해지는 때가 있다. 하지만 많은 독서가가 그러하듯, 책을 의식하기 시작한 이후로는 언제나 책이 옆에 있었기 때문에 어떤 책을 읽고 사랑에 빠지게 되었는지는 기억할 수 없다. 문자로 된 온갖 것들을 산만하게 읽어대다 보니 초등학교 국어 교과서 외에 처음으로 읽은 책의 제목도 생각나지 않는 상황이다. 누군가 나에게 "넌 국어 교과서를 읽고 스탕달 신드롬Stendhal syndrome(뛰어난 미술품이나 예술작품을 봤을 때 순간적으로 느끼는 각종 정신적 충동이나 분열 증상)을 겪었어"라고 해도 반박하지 못할 것이다. 다만 책이 깔아놓은 궤도를 따라, 책이 뚫어주는 터널을 따라 내 인생이 움직여왔다는 사실만은 분명하다. 아직까지는 책에 질려본 적이 없으므로 오늘도 나는 책을 읽는다. 책은 나의 구황작물이다.

나는 책에서 무엇을 찾는가. 그동안 책은 나에게 어떤 쓸모가 있었을까? 책에 심하게 많이 의존한다는 사실을 누구보다도 잘 알기 때문에, 현실도피 또는 현실 부적응 등의 단어를 떠올린 적도 있었다.

한강 작가는 "책을 많이 읽고 나면 강해졌다는 느낌이 든다"라고 했다. 책에 대한 허기를 느끼고 며칠 동안 정신없이 책을 몰아서 읽으면 어느 순간 충전했다, 강해졌다고 느낄 때가 있다는 것이다. 나의 경우, 굳이 의미를 부여하자면 마음의 '결락缺落' 때문이라고 생각하기로 했다. 결락의 사전적 의미는 '있어야 할 부분이 빠져서 떨어져 나감'이다. 어느 문학 강연에서 이 단어를 듣고 이제야 딱 들어맞는 나만의 단어를 찾은 느낌이었다. 살다 보면 분명 마음에 결락이 생긴다. 상처 없는 인생이 어디 있으랴.

내일 우리 앞에 새로이 다가올 일이 무엇인지 생각해본 적이 있는가. '알 수 없음'이다. 예정된 일은 예정된 대로 오겠지만, 예정되지 않은 일도 온다. 페널티킥을 맞이하는 골키퍼의 불안을 아는가? 페터 한트케Peter Handke의 《페널티킥 앞에 선 골키퍼의 불안Die Angst des Tormanns beim Elfmeter》을 읽어본 적 없어도, 당장 우리 앞으로 날아드는 페널티킥은 없다 해도, 그 킥을 막아내야 하는 골키퍼의 불안은 가늠할 수 있다. 우리에게도 지켜야 하는 골문이 하나씩은 있기 때문이다.

매일매일이 일일시호일日日是好日이면 바랄 나위 없겠으나, 그렇지 않은 날에는 하루의 마무리를 어떻게 해야 할지 몰라서 나는 책을 읽었다. 반성이 필요할 때는 조용히 침잠하는 시간을 가져보기도 하지만, 대부분은 책을 읽는 걸로 떨어져나간 자존감, 빠져나간 자신감을 메웠다(사실은 기분이 좋은 날은 기뻐서 책을 읽었고, 기분이 나쁜 날은 슬프다는 핑계로 마구 책을 읽었다). 게다가 이제는 노후까지 생각해야 한다. 준비가 전혀 안 된 것도 아니건만 노후를 생각하면 나이 든 삶에 관해 한 번도 생각해본 적 없는 사람처럼 놀랄 때도 있다. 놀란 가슴 부여잡고 지나가는 책이나 하나 붙들고 읽는 수밖에.

여담이지만 단어를 다루는 페터 한트케의 솜씨에 온통 마음을 빼앗겼던 건 한 편의 로드무비 같은 소설 《긴 이별을 위한 짧은 편지Der kurze Brief zum langen Abschied》를 읽었을 때다. 1부 '짧은 편지'와 2부 '긴 이별'로 구성된 이 소설에는 세상에서 가장 짧은 《위대한 개츠비The Great Gatsby》의 요약문이 실려 있다. 요약문의 내용은 이랬다. "책의 내용은 한 남자가 만灣 한쪽에 위치한 집 한 채를 사서, 사랑하는 여자가 다른 남자와 살고 있는 만 다른 쪽의 집에 매일 밤 불이 켜지는 것을 바라본다는 연애담이었다." 과연 《관객 모독

Publikumsbeschimpfung und andere Sprechstucke》으로 우리 모두를 깜짝 놀라게 한 페터 한트케답지 않은가. 프랜시스 스콧 피츠제럴드Francis Scott Key Fitzgerald 혹은 개츠비가 이 말을 들으면 어떻게 생각할지 모르겠지만.

책을 전혀 읽지 않는다는 것은 어떤 느낌일까? 피에르 바야르Pierre Bayard가 쓴 《읽지 않은 책에 대해 말하는 법How to Talk About Books You Haven't Read》 제1장의 제목은 '책을 전혀 읽지 않는 경우'다. 피에르 바야르는 책이 시작하자마자 곧바로 로베르트 무질Robert Musil의 《특성 없는 남자Der Mann ohne Eigenschaften》에 등장하는 사서를 예로 들면서 '책을 읽지 않아 생기는 무의식적 죄책감을 덜기 위해' 썼다고 솔직하게 밝힌다. 《특성 없는 남자》의 그 사서는 "무식해서가 아니라 오히려 책들을 좀 더 잘 알기 위해서 일부러 어떤 책도 읽지 않도록 주의한다"라고 말해 나를 경악하게 만든 아주 특이한 남자다. 훌륭한 사서가 되는 비결은 자신이 관리하는 모든 책에서 '제목과 목차 외에는 절대 읽지 않는 것'이라고까지 말한다. "책의 내용 속으로 코를 들이미는 자는 도서관에서 일하긴 글러 먹은 사람이며 절대로 총체적 시각을 가질 수 없다"라고 단언하고 있으니, 평생을 도서관 사서로 일한 사람들을 안절부절못하게 만들고도 남을 문제적 인물입에 틀림없다.

제목이 마음에 들어 《읽지 않은 책에 대해 말하는 법》을 구입한 독자들이 꽤 있다고 들었다. 이와 반대로 읽지도 않은 책에 관해 말하는 건 말도 안 된다며 이 책 근처에도 가지 않았을 강직(?)한 사람들도 있을 것이다. 나로 말하면 후자에 속했다. 하지만 호기심 앞에서 늘 무릎을 꿇고야 마는 나는 결국 이 책을 사서 읽었다. 그러고는 저자인 피에르 바야르의 논리에 완전히 반했다. 내가 친구들 네 명과 함께 반 년도 넘는 기간 동안 윤독으로 읽은 《율리시스》에 관해 그가 말하는 것을 한번 들어보시라.

> 나는 제임스 조이스의 《율리시스》를 한 번도 읽은 적이 없으며, 아마 앞으로도 그 책을 읽는 일이 없을 것이다. 그래도 누군가와 대화를 나눌 때 내가 《율리시스》에 관한 이야기를 할 수 없는 처지가 결코 아니라는 것이다.

피에르 바야르는 우리에게 독서란 무엇인지를 다시 한 번 생각하게 한다. 독서란 정말 책을 읽기만 하는 행위일까? 책의 내용을 잘 기억하고 요약하는 것만이 독서일까? 피에르 바야르는 독서에 관한 기존의 생각을 뒤집는다. 진정한 독서란 책과 책, 책과 독자 사이를 자유롭게 넘나들며 사유에 제한을 두지 않고 총체적인 지식 지도를 그릴 수 있어야 한다고. 진정한 독서를 통해서라면 우리는 이 혼란한 세상에서 길을 잃지 않을 수 있다.

슬프게도 책은 당연히 읽어야 할 것에서 굳이 읽지 않아도 되는 것이 되어버렸다. 이제 독서는 유행이 아니다. 유행은커녕 완전히 망했다. 한 교수가 대학교 수업시간에 독서의 중요성을 강조하면서 반드시 책을 읽어야 한다고 말했더니 나중에 리포트에 '책을 읽느냐 마느냐는 자유니까 강요하지 마세요'라고 적어내는 학생도 있었다던가.

나는 그렇게 생각하지 않는다. 독서는 책을 읽으려는 행위를 넘어서 인생을 배우려는 마음 그 자체다. 동시에 배우려는 마음을 북돋우기도 한다. 사람은 독서를 통해 정보처리 능력과 커뮤니케이션 능력을 갖추고 자아를 형성할 수 있다. 책을 많이 읽는 사람이 어느 정도 교양을 갖추는 것은 자명한 사실이다. 그 교양 속에는 사물에 관한 판단력이나 향학열 그리고 넓은 의미의 윤리관도 포함된다. 개인 신념의 근원이 되는 윤리관이나 이해력은 많은 책을 읽으면서 길러진다. 높은 독서력이 윤리관이나 이해력을 길러준다면 현재

윤리관이 무너지는 것은 독서력 저하와 관련지어 생각해볼 수 있지 않을까?

진나라 시황제는 실용서적을 제외한 모든 사상서적을 불태우고 유학자를 생매장하는 분서갱유를 단행했다. 한때 한국에서도 《나쁜 사마리아인들Bad Samaritans》《왜 80이 20에게 지배당하는가?》와 같은 책들이 불온서적으로 낙인찍히기도 했다. 모두 사람의 생각에 책이 지대한 영향을 끼친다고 생각해서 생긴 일이다. 그래서 독서는 위험하다. 기존의 당연하다고 생각했던 가치관을 붕괴시키고 자신과 세계를 변화시키는 힘을 가지고 있다. 그렇기에 독서는 우리와 상관없을 수가 없다. 오히려 올바르게 가져야 할 기술이다.

13°

벽돌책을 치우는 방법

앞서 책과 독서에 관한 피에르 바야르의 새로운 패러다임에 감명받은 나는, 그에게 영감을 준 로베르트 무질의 책들을 읽고 싶었다. 하지만 내가 무지해서 그런가. 무질은 나와 맞지 않았다. 무질의 첫 장편소설인 《생도 퇴를레스의 혼란Die Verwirrungen des Zoglings Torleß》만 읽고는 거들떠보지도 않았다. 그렇지만 작가의 이모저모를 더 알고 싶어 인터넷의 미로를 더듬다 《생도 퇴를레스의 혼란》이 영화로도 만들어졌다는 걸 알고 부리나케 찾아 책의 문장들이 영화로 환원된 결과물을 지켜봤다. 영화 〈양철북The Tin Drum〉으로 유명한 폴커 슐렌도르프Volker Schlondorff 감독의 데뷔작이 바로 이 영화다.

《특성없는 남자》가 프루스트의 《잃어버린 시간을 찾아서》, 조이스의 《율리시스》와 함께 20세기 모더니즘의 3대걸작에 속하는 소설이라고 하니, 읽을 생각만 하면 한숨부터 나온다. 특히 《율리시스》는 그 소설을 읽은 사람보다 소설에 관한 논문을 쓴 사람의 숫자가 더 많을 것이란 괴담이 떠도는 책이다. 나에게도 책장에 모셔두긴 했지만 어쩐지 손이 안 가서 잊혀진 책, 아니 잃어버리고 싶은 책이었다. 단지 두툼하다는 이유만으로 읽지 않고 넘어가기엔 존재감이 커서 무시할 수 없는 책이 있다면 그게 바로 《율리시스》였다.

《율리시스》의 문학적 위상에 관한 찬양은 오랫동안 접해 왔는데, 과연 그럴만한 책인지 내가 직접 읽어야 판단할 수 있지 않겠나. 간혹 대놓고 혹평하는 이들을 만나도 마찬가지 생각이 들었다. 할 수 없이 몇십 년 묵은 과제물을 제출하는 심정으로 네 명이 모여 '조이스 클럽'을 조직하고, 윤독으로 960쪽에 달하는 《율리시스》를 읽었다. 다른 사람의 생각을 듣기보다는 텍스트 자체에 집중해보고 싶다는 생각을 하던 중 뜻하지 않게 뜻을 함께하는 친구를 만날 수 있어서 좋았다. 책을 미리 읽고 논의할 부분에 관한 생각을 정리한 다음, 만나서 토론하는 식으로 진행하는 대부분의 독서모임에 회의가 들던 참이기도 했다.

사실은 여럿이 모여 책을 소리 내어 읽을 수 있다는 건 생각지도 못한 일이었다. 그런 모임이 있다는 것도 몰랐다. 책 모임을 만들면 무조건 미리 읽고 발제를 해서 발표하거나 독서토론을 해야 하는 줄만 알고 있었다. 그런데 어느 날 앞에서도 이야기한 출판사 문화다방을 운영하는 희정 작가가 개최한 핸드메이드 책 만들기 원데이 워크숍에서 공간을 제공해준 성미산마을의 서점 '동네책방 개똥이네 책 놀이터' 대표가 윤독모임에 나를 초대했다. 이야기를 나눠보니 서점에서 운영하는 책모임에 내가 잘 어울릴 것 같다는 이유에서였다(내 목소리가 마음에 드셨나?).

소리 내어 책을 읽는다는 이야기를 들으니 궁금증을 해소하지 않고는 배겨낼 수가 없었다. 처음 가보는 서점에서, 처음 만나는 사람들과 갖는 책모임은 원데이클래스처럼 일회성 모임이 아니고서는 정말 처음이었다. 나의 호기심은 모든 것을 거뜬히 이긴다는 사실이 또 한 번 입증된 셈이다. 무리하지는 말자 싶어서 매주 한 번씩 모여 쉬엄쉬엄 두 시간씩 읽었던 《율리시스》의 완독까지는 반년이 넘게 걸렸다. 9개월 정도 걸렸던가? 5개월쯤 걸릴 것으로 예상했는데, 중간에 내가 한 달가량 여름휴가를 떠나기 위해 방학을 가졌고, 다른 멤버들의 여행이나 출장에 따라 가끔 건너뛴 적이 있었기 때문이다.

함께 읽어도 여전히 난해한 책임에는 분명하지만 우리는 그렇게 제임스 조이스의 문장을 온전히 즐기고, 해치웠다. '해치우다'의 첫 번째 사전적 의미는 '어떤 일을 빠르고 시원스럽게 끝내다'다. 두 번째 의미는 '일의 방해가 되는 대상을 없애버리다'다. 빠르고 시원스럽게 끝내지는 못했지만 이렇게라도 해서 내 앞을 가로막고 있던 조이스 산맥을 없애버렸다는 데 나는 만족한다.

그런데 산 넘어 산이라더니 아뿔싸, 《율리시스》를 능가하는 강적을 만났다. 거트루드 스타인Gertrude Stein의 소설 《미국인의 형성The Making of Americans》에 비교하면 조이스의 《율리시스》는 상대적으로 질서정연하고 조리가 있는 책이었다. 《율리시스》는 그래도 흥미진진한 지점이 많아서, 그런 장면이 나오면 눈을 빛내며 읽었다. 조국과의 불화로 아일랜드를 떠나 다시는 아일랜드로 돌아가지 않았던 조이스였지만, 자신이 나고 자란 더블린 동네의 온갖 거리로 하루종일 독자를 끌고 다니므로 책의 부피는 두꺼울망정 지루하지는 않았기 때문이다.

모더니즘의 중요한 고전인데도 모더니즘의 고전 중에서 읽은 사람이 가장 적은 책이 바로 《미국인의 형성》이라는 말을 듣고 눈이 번쩍 떠졌다. 읽은 사람이 거의 없을 것 같은 고전이라고 하니, 《미국인의 형성》이 궁금해진 것이다. 다른 사람의 이야기를 통해서가 아니라, 내가 직접 경험하고 싶었다. 마지막 페이지까지 다 읽고 나서 책장을 덮으며 '이 책은 그래도 읽을 만한 책이야' 또는 '읽지 않아도 될 것 같아'와 같은 말을 할 수 있으려면 직접 읽어보는 수밖에. 그런데 불행인지 다행인지 아직 번역서가 출간되지 않았다. 사전처럼 크고 두꺼운 900쪽이 넘는 원서를 윤독으로 읽어줄 친구를 만나면 언제든 읽을 의지가 있으므로 관심이 있다면 내게 신청해주기를!

단테 클럽으로 넘어가 《신곡》을 연주할 차례였다. 그리고 그다음으로 《잃어버린 시간을 찾아서》의 완역본이 완간되면 프루스트 클럽도 결성하겠다고 생각하고 있었다. 그런데 단테 클럽이 아직 결성되기 전, 프루트스 클럽에 먼저 관심을 보이는 친구들이 생겨 조촐하게 모임을 꾸렸다. 출판사 편집자 두 명, 망원동에 있는 뜨개질 스튜디오 '모히'를 모임 공간으로 내어준 뜨개질 선생님 모히(모히라는 이름은 칵테일인 모히토를 좋아해서 스튜디오 이름으로 정한 것. 몽골과의 전투가 벌어졌던 헝가리의 모히평원과는 무관하다) 그리고 나. 그렇게 소설 《금요일 밤의 뜨개질 클럽The Friday Night Knitting Club》

처럼 매주 금요일 저녁 일곱 시면 우리들의 〈금요일 밤의 프루스트 클럽〉 영업이 시작됐다. 그런데 프루스트 클럽 모임을 딱 두 번 진행하고 나서 코로나19 확진자가 확 늘어나는 바람에 잠시 멈춘 상태로 몇 달을 보냈다. 그리고 멤버들이 모두 백신접종을 완료한 2021년 11월의 어느 금요일, 프루스트 클럽은 다시 영업을 시작했다.

호찌민에서 5주 살기를 할 때도 윤독을 했다. JJ와 함께 어니스트 헤밍웨이Ernest Hemingway의 《노인과 바다》를 원서로 읽었다. 헤밍웨이의 문체가 그리 대단하다는데 영어 원문을 읽어봐야 되지 않겠느냐고 JJ를 유혹했더니 바로 넘어왔다. 사실은 여행가방에 챙겨 온 유일한 원서가 《노인과 바다》였다(줄거리를 대충 알기에 모르는 단어가 나왔을 때 사전의 도움을 받지 않아도 될 것 같다는 게 그 책을 호찌민까지 데려온 이유다). 내가 갖고 있는 페이퍼백은 109쪽밖에 되지 않아서 빠른 속도로 두 시간씩 읽으면 3회, 천천히 읽어도 4회 만에 끝낼 수 있어서 딱 좋았다. 아, 끊임없이 덤벙대는 것 같은데도 이럴 때 내 무의식은 왜 이렇게 용의주도하단 말인가? 나는 호찌민에 가려고 생각했을 때부터 JJ와 윤독할 것만 생각하고 있었나 보다.

몇 번의 윤독모임을 거치고 나니 무질과의 사이가 좁혀졌다. 무질의 《생전 유고/어리석음에 대하여Nachlaß zu Lebzeiten/Über die Dummheit》를 무사히 정주행한 것이다. 사실은 친구 열 명과 함께하는 윤독모임이라 가능했던 것인지도 모른다. 이렇게 윤독모임의 힘은 강하다. 다시는 쳐다보지 않을 책을 읽게 만드는 체력을 길러주다니. 윤독모임은 두꺼운 벽돌책을 즐겁게 읽을 수 있게 해주지만, 부피가 작은데도 내용이나 문장이 사무치게 좋은 책을 공유하기에 더없이 좋은 수단이다. 나의 윤독 사랑은 앞으로도 좀 길게 갈 것 같다.

딸과 딸의 친구들과도 모임을 만들어서 책을 읽는 중이다. 처음에는 존 스튜어트 밀John Stuart Mill의 《자유론On Liberty》만 읽고 해산할 예정이었는데, 어쩌다 보니 계속 이어지고 있다. 그녀들의 전공이 패션디자인, 애니메이션, 미술교육이어서 서양미술사를 정리한 책들을 연이어 두 권 읽고, 다음 책으로는 철학서를 읽을 예정이다. 심리서도 읽고 싶다고 한다. 체계도 맥락도 없이, 관심 가는 대로, 기분 내키는 대로 주제를 바꿔가며 읽는 것도 괜찮은 것 같다.

한국어가 유창한 일본인 친구와 둘이서 일본어 원서를 읽는 모임도 한다. 지금은 프랑스 작가 레몽 크노Raymond

Queneau의 《문체 연습Exercices de style》을 일본어 번역본으로 읽는 중이다. 1947년에 출간된 《문체 연습》은 레몽 크노를 단번에 명예로운 아카데미공쿠르 회원으로 만들어준 작품이다. 《죽기 전에 꼭 읽어야 할 책 1001권1001 Books You Must Read Before You Die》의 목록에도 들어 있는 책으로, 글쓰기나 문체연습에 관심이 없는 이들도 흥미롭게 읽을 수 있다.

내가 한국어 번역본을 읽고 추천을 했더니, 레몽 크노를 좋아하는 그녀가 일본어 번역본을 찾아냈다. 그리고 저명한 일본인 서평가 마쓰오카 세이고松岡正剛의 서평사이트 '천야천책千夜千冊'에서 《문체 연습》의 일본어 번역본을 극찬해 읽어보고 싶다고 해서 읽기 시작했다. 《문체 연습》은 아흔아홉개의 챕터로 구성되어 있는데 각 챕터의 분량이 1~2쪽으로 매우 짧아서 모임 때마다 열 챕터 정도를 읽는다. 동일한 주제의 글을 문체만 달리하여 계속 반복하고 있어서 내용을 이해하기에 어렵지 않다. 하지만 번역자는 무척 힘들었으리라. 어떤 남자가 뜬금없이 자신의 친구에게 외투에 단추를 하나 더 달라고 조언하는 이야기가 무려 아흔아홉 번이나 등장하기 때문이다.

나는 《문체 연습》을 일본어뿐만 아니라 독일어, 영어, 중국어, 프랑스어 판본으로도 갖고 있다. 중국어 판은 중국어 번역가 S와 함께 읽는데, 서로가 번역 마감에 쫓길 때는 일단 멈췄다가 다시 이어가면서 3분의 1쯤 끝냈고, 프랑스어 판은 소르본대학교에서 오랫동안 불어학을 공부한 프랑스어 번역가 Y와 다음 달부터 읽을 예정이다. 언젠가는 독일어 판으로도 읽을 수 있게 되기를!

'동네책방 개똥이네 책 놀이터'의 윤독모임에서는 문화사와 세계사, 세계지리에 관한 책들도 읽는다. 다른 나라에서, 다른 나라 사람들이, 다르게 살았거나 살고 있는 이야기를 우리와 연결 짓는 일은 생각보다 흥미롭고 유용하다. 한 예로 《왜 지금 지리학인가Why Geography Matters》를 읽으면 지리 지식 없이는 국제 질서의 본질을 파헤칠 수 없다는 결론을 쉽게 얻을 수 있다. 아프가니스탄 난민 문제로 세계의 이목이 집중되었던 기간에 마침 이 책을 읽었는데, 6년 전에 출간된 이 책 덕분에 지리학적으로 지금과 같은 사태가 일어날 수밖에 없었던 이유를 쉽게 알 수 있었다. 복잡한 아프가니스탄 사태를 단숨에 우리 앞으로 끌어다놓고 단칼에 분석해서 보여주니 고개가 절로 끄덕여졌다. 500쪽이 넘는 책이라 윤독으로 완독하려면 몇 달 걸릴 테고 이 한 권의 책으로 지루한 지리학을 완전정복하지는 못할 것이니 또 다른 책을 연이어 읽을 것이다.

내가 왜 소리 내어 읽는 것을 좋아하게 되었는지 궁금해져서 기회가 닿는 대로 이것저것 관련 자료와 책을 찾아 읽기 시작했다. 그리고 2017년 한국독서치료학회 세미나에서 내 마음에 쏙 드는 '소리 내어 책 읽기의 효용성'을 찾았다. 바로 신경증 환자가 시를 소리 내어 읽으면 정신적 안정을 되찾듯이, 인간의 목소리를 매개로 치료 효과를 낼 수 있다는 거였다. 예시문으로 인용했던 프랑스의 문학 연구자 마리엘 마세Marielle Macé의 '거울신경세포' 연구에서 수립한 가설의 내용은 다음과 같다.

> 인간은 움직이고 있는 몸을 나타내는 동사를 읽거나 단지 활발하게 움직이는 어떤 도구의 이름을 읽는 것만으로도 실제로 그러한 행동을 하거나 달리는 것과 같은 마음 상태가 된다.

요컨대 어떤 움직임을 나타내는 단어를 읽는 것은 이미 그것을 흉내 내고 있는 것과 같다는 내용이었다. 텍스트를 큰 소리로 읽을 때 자신의 목소리, 호흡, 복부 근육, 횡격막 등의 신체 기관 전부가 함께 연결되며, 그 결과 텍스트를 전달하게 된 목소리와 호흡을 만들어내려는 욕구 속에서 생명력이 도약하는 것을 스스로 발견하게 된다. 큰 소리로 읽기는 단순히 발성에 국한되는 것이 아니라, 읽는 사람의 정신과 육체의 교감이다. 이를 통해 침체된 기운을 회복하면서 자발적인 치유가 일어나는 것이다.

소리 내어 읽기에 내재된 치유 효과를 모를 때도, 나는 함께 책을 읽는 상대방의 목소리를 통해 책의 내용을 듣는 일 자체가 재미있고 즐거웠다. 다른 사람이 책을 읽어주는 소리를 들으며 그 내용에 맞춰 내 앞에 놓인 책의 글줄을 따라 눈으로 읽으면 집중도가 높아져서 책에 몰입하기도 좋았다. 읽는 사람이 바뀌어 소리의 색깔이 변화하는 순간에는 책을 읽는 공간에 새로운 공기가 채워지는 것 같았다. 내가 읽을 순서에 책을 읽을 때는 내용 전달이 잘될 수 있도록 호흡을 조절하고 목소리를 가다듬으며 열심히 읽었다. 마치 무대에서 독백 또는 방백을 하는 배우의 느낌으로.

너무 재미있어서 빛의 속도로 책장을 넘기게 되는 책은 혼자 읽어도 좋다. 그런 책들은 읽지 말라고 해도 누구나 혼자서도 잘 읽는다. 내가 생각하는 함께 읽어야 할 책의 첫 번째 기준은 혼자 읽기 싫은 책, 두 번째 기준은 혼자 읽기 힘든 책, 세 번째 기준은 혼자서는 도저히 못 읽는 책이다. 이미 눈치 챘겠지만 이 세 가지 기준의 내용은 사실상 대동소이하며 동어반복이다. 그러므로 본문을 음미하면서 읽고 싶은 책이 생기면 그 책을 함께 읽을 친구를 찾자.

위의 경우에 해당하지 않는데도 윤독으로 읽었던 경우가 있다. 혼자 잘 읽었지만 너무 마음에 들어서 다시 읽고 싶은 책이 있을 때 그 책을 아직 안 읽은 친구를 불러내서 함께 읽었던 경우다. 《페터 비에리의 교양 수업Wie waere es, gebildet zu sein?》은 각기 다른 세 명의 친구와 세 번이나 반복해서 읽었고, 원서 《노인과 바다》는 다섯 명의 친구와 다섯 번을 읽었다. 《페터 비에리의 교양 수업》은 두 시간이면 한 번에 다 읽을 수 있었고, 《노인과 바다》는 두 시간씩, 3~4회에 걸쳐 끝냈다. 문체도 문체지만, 원서를 완독하는 즐거움을 누리기에 딱 적절하고, 반복해서 읽어도 아직 싫증이 나지 않아서 누군가 이 책을 함께 읽고 싶다면 얼마든지 다시 읽고 싶은 책들이다. 나의 원서 베스트 픽이자 원 픽은 《노인과 바다》다. 책을 고르는 것의 중요성은 아무리 말해도 지나치지 않으니, 앞으로도 이런 책들의 리스트를 차곡차곡 쌓아가고 싶다.

책 없이 외출하고 싶지 않은 이유

1. 한 권의 책을 여러 번 읽는다면

현대 포스트모더니즘에 지대한 영향을 지닌 소설가 중에 아르헨티나의 호르헤 루이스 보르헤스Jorge Luis Borges가 있다. 그는 늘 여러 권의 책을 폭넓게 읽는 것보다 몇 권의 책을 새롭게 다시 읽는 것이 중요하다고 여러 번 말했다. 아니, 한 번만 말했는데 많은 작가가 여러 책에서 인용한 것인지도 모르겠다. 나는 한 번만 읽고 말아서 이 모양인 건가.

소설가 알베르토 망겔Alberto Manguel은 16세이던 1964년에 부에노스아이레스의 피그말리온 서점에서 일하던 중, 대작가 호르헤 루이스 보르헤스를 처음 만났다. 그는 당시 시력을 잃어가던 보르헤스에게 1968년까지 책을 읽어줬는데, 그의 기억에 따르면 보르헤스는 엄청난 기억력의 소유자였다고 한다.

> 그는 모든 걸 기억했다. 그래서 그의 방에는 그가 쓴 책이 없었다. 그는 자신이 쓴 모든 글을 암송하고 바로잡고 고쳐 써서 듣는 사람들의 환호를 자아냈다. 옛날 탱고의 노랫말과 오래전에 죽은 시인들의 구절들, 온갖 소설들의 묘사와 수수께끼와 경구, 영어와 독일어와 스페인어도 모자라 포르투갈어와 이탈리아어로 쓴 장시들. 그는 이 모든 것을 기억했다.
>
> - 알베르토 망겔, 《보르헤스에게 가는 길With Borges》

보르헤스의 글을 읽다 보면 다른 어느 작가에게서도 발견한 바 없는 그의 천재적인 상상력과 방대한 기억 용량이 부러워서 쓰러지게 된다. 도대체 뇌의 어디에 메모를 해뒀다가 꺼내는 것인지. 아무도 모르는 곳에 '신비로운 단어사전'이라도 숨겨둔 것일까? 20세기 후반의 사상에 지대한 영향을 끼쳤다고 알려진 그의 힘은 이렇게 책을 여러 번 읽는 데서 왔는지도 모른다.

2. 글을 쓸 자신이 없어지기는 했지만

글을 쓰고 싶어 안달이 나거나 글을 쓰지 않으면 조바심이 나는 증상을 가리켜 의학적으로 '하이퍼그라피아hypergraphia'라고 한다. 새로운 단어를 발견하면 늘 그랬던 것처럼 즉각 검색을 해봤다. 쉽게 말하자면 하이퍼그라피아는 글쓰기 중독이고, 멋지게 이야기하면 '창조적 열병'을 뜻한다. 뇌의 특정 부위에 변화가 생길 때 나타나는 증상의 일종으로 알려져 있다. 측두엽 간질, 조울증 등이 그 원인이라는데, 에드거 앨런 포Edgar Allan Poe는 이를 두고 '한밤중에 걸리는 질병midnight disease'이라고 불렀다. 히포크라테스Hippocrates는 이를 두고 '신성한 질병'이라고 했으니, 정말 신성한 질병인가 보다. 도스토옙스키Dostoevskii와 김동인 역시 대표적인 하이퍼그라피아였다고 한다.

검사를 해보지는 않았지만 나의 측두엽은 손상 없이 아름다운 자태를 지니고 있을 거라 확신한다. 다른 사람이 쓴 글을 읽는 데 바빠서 글을 쓸 시간도 욕망도 없기 때문이다. 세상에는 멋진 책이 너무 많은 나머지 책을 보는 눈이 높아졌고, 멋진 글이 어떤 모습을 하고 있는지 알기에 오히려 글을 쓰겠다는 욕심은 날이면 날마다 차디차게 냉각되었다. 그래서일까. 하이퍼그라피아를 겪어보기도 전에 나에게 '작가의 블록writer's block' 현상이 먼저 나타났다. 블록 현상은 창작의 정돈停頓(침체하여 나아가지 아니함) 상태를 일컫는 말로, 자신의 의지와 상관없이 글을 쓰지 못해 고통스러운 상황에 빠지는 것이다. 나는 제대로 된 글을 써보기도 전에 다른 작가의 글만 읽는 게 훨씬 현명한 일이라는 사실을 미리 알아버린 쪽에 속한다. 이게 다 세상에는 읽어야 할 재미있는 책, 아름다운 책, 좋은 책이 많아서 그렇다. 다른 작가의 글에서 나의 체험처럼 창작의 즐거움을 추체험追體驗하는 걸로 일찍이 방향을 정할 수밖에 없던 이유기도 하다.

베스트셀러 작가로 떠오른 《회색 인간》의 김동식 작가는 중학교 1년 중퇴의 학력으로 주물공장에서 일하며 머릿속으로 이야기를 상상하고, 퇴근 후에는 그 내용을 글로 옮겨 수백 편의 단편을 지어냈다. 읽은 책은 열 권도 채 안 되며, 글쓰기를 배운 적도 없어 네이버 검색창에 '글 쓰는 법'을 검색해가며 소설을 썼다고 한다. 2017년 첫 소설집을 내기 시작해 2021년 초에 열 권의 소설집을 발간했고, 러시아 최대 출판사 중의 한 곳에 저작권이 팔렸으며, 이를 계기로 모스크바국립대학교 한국어 수강 학생들을 대상으로 강연을 하게 되었다.

어떻게 보면 김동식 작가의 이야기가 좋은 글을 쓰기 위해서는 책을 읽지 말아야 한다는 뜻으로 들릴지 모르겠다. 하지만 그 역시 '글 쓰는 법'을 조사했다는 것을 잊지 말자. 그가 도움을 얻은 글은 분명 누군가가 여러 책들을 보고 정리한 것일 테다. 결국 시작은 독서에 있다. 재능이 없다고 노여워하거나 주눅 들지 않는다면 누구나 독서를 통해 안목을 갖추고 글을 쓸 수 있다. 그리고 어쩌면 제2의 김동식이 될 수 있다.

맺음말

하루하루는 되는 대로, 인생은 성실하게

이 책을 다 읽은 당신은 무언가 늘 찾아서 배우는 나를 보고 욕심이 많은 사람이라고 생각할 수도 있다. 이동진 영화평론가는 "하루하루는 성실하게 살고 싶고, 인생 전체는 되는 대로 살고 싶다"라고 했는데, 나는 하루하루는 되는 대로 살면서도 인생 전체는 성실하게 살고 싶으니 그럴 수도 있겠다. 비현실적인 욕심을 부리면 안 된다거나, 성공하고자 하는 욕심을 버리면 인생을 행복하게 잘 살 수 있다는 이야기를 들으면 공연히 발이 저리기도 한다.

하지만 나는 욕심이 많은 게 아니라 하고 싶은 일이 많아서 이러고 산다. 어떤 직업을 가질 것인지를 더는 고민하지 않아도 되는 나이에 도달한 지금은 내 앞에 굴러오는 모든 것들을 아무런 제약 없이 골라잡을 수 있어 행복하다. 경쟁과 무관한 욕망을 가져도 괜찮으니까. 물론 나 역시 돈 들여 배우는 공부보다는 배워서 돈이 되는 공부가 좋다. 설마 돈을 벌고 싶지 않다고 말하는 사람이 있을까? 그럴 리가! 나는 돈도 벌고 싶다. 그래서 돈 버는 일도 하기는 한다. 그럼에도 비경쟁 체제가 좋은 나로서는, 지금이 편안하다.

우리는 늘 타자의 시선을 통과해서 자신을 다시 만난다. 다른 이의 행동을 보면서 의식하지 못하는 사이에 자신의 행동을 점검하기도 한다. 이런 과정에 매몰되면 자신만의 세계에 갇혀 더는 발전하거나 성장할 수 없을지도 모른다. 내게 부족한 것을 채워서 남들보다 앞서가고 싶다는 욕망을 가지는 것은 좋지만, 외부의 시선에 너무 휘둘리게 되면 다른 사람들에게 좋은 평판을 얻기 위해 행동할 뿐 정작 자신의 욕망을 뒤돌아보지 않을 수 있다.

자격증 공부만 해도 그렇다. 직장에서 높은 인사고과 점수를 얻기 위해서라거나 업무에 필요한 기술을 취득해서 남들에게 처지지 않도록 자신을 돌보기 위해서라면 무엇을 해도 괜찮다. 하지만 취업을 위해 공부를 할 때는 한 가지를 더 생각해보자. 자격증을 손에 쥐어도 취업이 되지 않는다면 또는 승진의 기회가 물 건너간다면, 당신이 그동안 한 공부의 과정은 아무 의미가 없는 것일까.

공부의 목적을 결과가 아니라 과정에 둔다면 당신이 합격증에 바친 시간과 노력은 빛이 바래지 않을 수 있다. 공부하는 그 과정을 즐긴다면, 그 기억과 경험이 언젠가는 자신에게 도움이 될 수도 있다. 공부와 친구가 되면 최소한 지루할 일은 없다.

자기 자신을 잘 아는 것은 정말 멋진 일이라고 프랑스 철학자 몽테뉴Michel Eyquem de Montaigne는 말했다. 하지만 내가 욕망하는 바를 안다고 해서, 그 일을 이루기 위해 서두르거나 무리해서 달리고 싶지는 않다. 당신이 해낼 수 있는 일이라면 분명 언젠가는 이룰 수 있을 테니까. 순간의 작은 성취에서 얻을 수 있는 만족감이라도 온전히 누려볼 것. 나는 그렇게 작은 일에도 큰 일에도 행복을 느끼며 살고 싶다.

◆